田中貢太郎——著
張嘉芬——譯

和日本文豪一起聊鬼怪

田中貢太郎怪談，膽小鬼不要看！

目次

和日本文豪一起聊鬼怪

一位師公的故事

說時遲那時快，一陣清爽的風吹來，原本戴在旅人頭上的那頂斗笠翩翩飛起，飄落在湖畔。旅人急忙想往水邊走去。勘作心頭一驚，衝過去大聲阻止旅人。

「喂！喂！別跑到水裡去！水裡有妖怪，會把你拉進去。」

有個漁夫名叫勘作。這天他去捕魚一無所獲，晚餐不能喝他最愛的酒，只喝了些大麥粥果腹後，就孤伶伶地坐在地爐前抽菸。

「鯉魚那麼多，為什麼我偏偏就是抓不到呢？那個山腳下，絕不會連個一、兩條魚都沒有。到底是怎麼搞的？」

這個夜晚出奇的暖和，地爐裡燒的火，照亮著小小的斗室。

「兩條兩尺[1]左右的鯉魚……真想要兩條兩尺左右的鯉魚啊……」

勘作接到村裡大戶人家下的訂單，說只要抓得到兩條兩尺左右的鯉魚，不管開價多少，都願意照價收購。所以勘作從兩、三天前起，就一直想捕鯉魚。結果別說是鯉魚了，連普通的雜魚都沒捕到。

「既然用網子撈不到，明天就來釣釣看好了。在那個潭邊釣釣看，說不定是個好方法。」

沒得喝酒買醉，讓勘作覺得好像少了點什麼。

「這裡是勘作家嗎？」

不知是誰來了。勘作以為是漁夫同行來找他聊天，結果往院子裡一看，發現有個膚色白皙、個頭矮小的男人站在那裡。勘作對這張臉一點印象都沒有。

「我記性不太好，請問你是哪位啊？」

「我最近才搬到這個村子來，你可能不認識我。」

「這樣啊？那以後可要多多往來啊！來來來，進來坐吧！」

「那我就不客氣了。」

矮個子男人說完，便進門走到地爐旁。

「你是哪裡人啊？」

「我老家在東邊。我從東邊一路飄泊到這裡落腳。這裡還真是個好地方呀！還有魚可捕，對吧？」

「本來是有，但最近魚都不知道跑到哪裡去了。」

「是嗎？」

「而且這兩、三天，我連個魚影子都沒看見，所以今晚連我最愛的酒都不敢喝。」

「這樣啊，那還真糟糕呀。」

「兩、三天前，有人要我抓兩條兩尺的鯉魚。我在那麼大的一片湖上到處撒網，結果別說是鯉魚了，連雜魚都沒撈到。」

「沒那回事。雖然我最近才剛搬來，不過區區兩、三條鯉魚，就算要讓買家等一等，我也會去抓來。」

勘作聽了對方這番隨口胡謅的說詞，覺得可笑至極，大聲地笑了出來。

「要是你覺得我在吹牛，我現在就去捕來讓你瞧瞧吧？漁網在哪裡？」

「漁網就晾在外面的柿子樹上。你可別被狐狸逮住啊！我在這個湖邊當了二十年的漁夫，鯉魚可沒那麼好抓，不是叫客人稍等一等，就能馬上交貨的呀！」

「既然你覺得我在吹牛，那我這就去抓，你就在這裡等著吧。」

矮個子男人突然跳進院子，往門外走去。勘作抽著他的菸，臉上泛著一絲冷笑。這時外面傳來船櫓的聲響，勘作便打開面湖的拉門瞧瞧。朦朧月光灑落的水面上，浮著一艘剛離岸的小船，朝湖心駛去，甚至還看得到矮個子男人搖櫓的模樣。

「老子我都抓不到了，哪還輪得到那小子啊？」

勘作關上拉門，躺著吞雲吐霧了一番。不到三十分鐘，外面竟傳來了腳步聲——矮個子男人回來了，懷裡還抱著勘作原本放在船上的空簍。

「怎麼樣啊？勘作兄，你要的鯉魚我抓來了。」

勘作起身往簍子裡一望，裡面有四條兩尺的大鯉魚，還有好多條鯽魚和溪哥，看得他瞠目結舌。

「把這些鯉魚送到那個大戶人家去，他們應該就會付錢。到時候再用那筆錢買點酒來喝吧！」

勘作讓矮個子男人留在家中等待，自己則帶著鯉魚，去找那個向他下單的大戶人家，賣了兩條，再把剩下兩條賣給了旅社，還用這筆錢買了酒帶回家。

「你叫什麼高姓大名啊？」

勘作邊倒酒邊問。矮個子男人笑了笑，說：

「叫什麼名字都無妨吧？既然我們成了朋友，以後我會三不五時來找你喝一杯的。」

「好好好，喝吧！」

矮個子男人喝到天亮才回去。勘作對這個男人的來歷實在很好奇，隔天便向漁夫同行打探。可是問了好幾個人，都沒人知道。

自從那天晚上之後，矮個子男人就會不時上門拜訪。只要勘作煩惱捕不到魚，男人就會拿著勘作的漁網出去捕撈一會兒，而且總是能滿載而歸。

勘作就這樣和矮個子男人持續往來了三年。勘作已不再對他的來歷感到可疑，甚至早把這件事拋諸腦後。某天晚上，矮個子男人一如往常的來訪，兩人又開始喝起酒來。

「勘作兄，你覺得我是誰？」

聽矮個子男人這麼一說，勘作平靜地說：

「我什麼都沒多想。管你是鬼是神，都無所謂。」

「我不是人類。」

「我想八成是這麼回事。」

「我是個住在水裡的東西。」

「河童？」

「不是河童。不過呢，大概就是那樣的東西。」

「是也無妨。」

「可是我活得綁手綁腳，我想變成人類。」

「怎麼樣才能變成人類？」

「我打算借用人類的軀殼。」

「什麼時候動手？」

「明日午時，旁邊那條路會有旅人走過。我打算把他的斗笠吹掉，趁他踏進水裡來撿斗笠的時候，把他拉進水裡，借用他的軀殼。」

「那這個人會怎麼樣？」

「他會死，但我會借用他的軀殼，所以外人不會知道他已經死了。」

「別談這些無聊事了，我們就照老樣子，喝個痛快吧！」

勘作已不記得自己是什麼時候睡著，也不知道水裡來的男人何時離開。隔天一早，勘作雖然想起那個水裡來的男人說過什麼話，但大而化之的勘作，馬上就把這些事拋諸腦後，出門捕魚，直到午餐時才回來。吃過飯後，勘作補綴著掛在柿子樹上的漁網。這時，有個旅人走過了屋旁那條路。勘作想起水裡來的男人說要吹掉他的斗笠，便望向了那個旅人。說時遲那時快，一陣清爽的風吹來，原本戴在旅人頭上的那頂斗笠翩翩飛起，飄落在湖畔。旅人急忙想往水邊走去。勘作心頭一驚，衝過去大聲阻止旅人。

「喂！喂！別跑到水裡去！水裡有妖怪，會把你拉進去。」

旅人停下了原本打算踩進水裡的腳步。

「好險，好險。原來那裡面住著妖怪啊。」

旅人把斗笠留在原處，走回路上向勘作道謝後，便匆匆離開了。

水裡來的男人一看到勘作，便對他破口大罵。

「欸！勘作兄，天底下怎麼會有像你這麼無情的人啊？我和你無冤無仇，你為什麼要這樣破壞我的好事？」

這時勘作正在餐前小酌。

「怎麼啦？怎麼回事啊？」

「什麼怎麼回事？勘作兄，你可別裝蒜啊！今天我把旅人的斗笠吹走，打算把旅人拉進水裡，借殼變人的時候，你老兄突然跑來，說水裡有妖怪，叫旅人不要踏進去。這些你都忘了嗎？勘作兄，可別跟我說你不記得了喔！」

「喔，那件事啊。這就是你不對了。為了你自己想變成人而殺人，已是離經叛道之舉。就算我們交情再好，這種行為一樣要不得。還是你不覺得這件事離經叛道？」

「一個無罪無過的人要被殺，當然是有那麼一點可憐。但這種小事，你就不能睜一隻眼、閉一隻眼嗎？」

「那是你一廂情願的想法。這種離經叛道的歹事就是要不得。哎呀，你也別再有這些無聊的念頭，一如往常地陪我暢飲美酒吧！來，快進來吧！」

水裡來的男人進到屋裡，坐在地爐旁喝起了酒。

「變成人類又沒什麼大不了的，你就這樣一直陪我喝美酒吧！」

勘作和水裡來的男人又繼續往來了三年。某天晚上，水裡來的男人又對勘作說：
「這次我是真的下定決心要變成人類。要是我變成人類，就能來住在你家了。」
「你要怎麼變成人類？」
「有一對夫婦老是吵架，妻子現在已經離家出走，我打算拖她下水。」
「原來如此。那你打算在哪裡動手？」
「明晚亥時，我會到這附近來。」
到了隔天晚上，勘作又開始掛心水裡來的男人說過的那段話。亥時一到，他便走出家門，沿著湖畔的路散步。那是一個繁星點點的夏夜。這時前方突然有人踩著啪噠啪噠的腳步跑來。勘作就著星光，定睛一看：一個肌膚白皙的女人，顧不得衣不蔽體地奔跑著。勘作心想離家出走的妻子終於現身了，沒想到這個女人突然停下腳步，目光望向水裡。勘作悄悄地繞到女人身後，趁著女人正要跳下水之際，穩穩地抱住、攔下了她。女人拚命揮開勘作的手，一心想跳進水裡。就在兩人爭執的當下，左鄰右舍趕來了三、四個人，其中還包括了女人的丈夫。勘作把女人交給他們安頓之後，便回到家裡。

「喂！勘作兄，你怎麼可以這麼可惡？為什麼要阻撓我變成人類？」

勘作滿臉笑意地走進屋裡，說：

「你怎麼又來了？情願殺生也要變人類？這種事你還是壯士斷腕，乾脆明快地放棄吧！」

「我就是無法明快地放棄，所以才動手的呀！你為什麼要來阻撓我？」

「你還在說這種話，那些被你奪去性命、借用軀殼的人，你要不要站在他們的立場想一想？這樣你就會明白我為什麼要阻撓你了。」

「你太可惡了，這樣是在找我的麻煩。」

「哎呀，喝一杯吧。夜還這麼長，我們就邊喝邊聊吧！」

兩人又繼續往來了三年。這年春天的某個晚上，勘作正在睡覺，水裡來的男人來到他的枕邊，說：

「這些年多虧有你，我才沒做出罪大惡極的壞事。我要升格為神，受人奉祀了。這座湖裡以後會很難捕到魚，你年紀也大了，繼續捕魚恐怕會很辛苦，我看就來我的神社裡當師公吧！沿著這個屋子前面那條路，一直往西走十天，就會看到一條大河。我的神社就在河邊堤防上，地點很好找。」

隔天，水裡來的男人這番話，讓勘作動心考慮了一下，但還是無法付諸行動。他一如往常，繼續當了一段時日的漁夫。可是從那天之後，水裡來的男人就沒再上門，捕魚也沒有斬獲。於是他又想起水裡來的男人說過的話，便在那年秋天，拋下了他的船和漁網，啟程往西。

勘作來到一條大河畔，河床因枯水而露出了遼闊的河岸。他心想會不會是這條河，便小心翼翼地走在堤岸邊的樹林裡，想找路下去渡船頭問問。這時，他在路上發現一道新的石階，還看到了一個以檜木打造的嶄新鳥居。勘作認定就是這裡沒錯，便沿石階往上走去。

兩三隻蜻蜓在夕陽下飛舞著。石階盡頭處是一座充滿檜木芳香的小神社。勘作再往神社裡走去，鞠躬參拜。

「是勘作嗎？你總算來啦。」

那是勘作熟悉的聲音，是水裡來的男人在說話。勘作連忙抬起頭來，隔著木連格子[2]往神社正殿裡看，但什麼都看不到。

「你這兩、三天內就能找到落腳處，在此之前，就先在神社正殿裡過夜吧。」

勘作在緣廊坐下，卸下肩上背的那個風呂布包。

「等一下你最好到村子裡去一趟。走下石階，往村子的方向走去，路上你會碰到一個牽著牛的老人。你去告訴那個老人：『水神大人降旨，說今晚會有大洪水，得趕快把曬在河岸上的稻穀都收進屋裡。』」

勘作依他指示，走下階梯往村裡走去。孰料勘作才走進堤防內側，往有住家的方向走了一會兒，還真的有個牽著牛的老人走了過來。

「老兄、老兄，我剛才接到水神大人降旨，正要到村子裡去通知大家。水神大人說今晚會有大洪水，那些曬在河岸上的稻穀要是不收起來，就會被沖走。」

老人露出了半信半疑的表情。

「最近一直都是這種天氣，怎麼可能有洪水？不過既然是神明降旨，我就幫你通知村裡的人吧。」

老人牽著牛回去了。勘作就這樣回到神社裡，走進神社正殿一看，發現三寶[3]上擺放著酒菜。

「勘作，你要是肚子餓了，就先吃點東西吧。」

勘作喝了三寶上擺的酒，又吃了飯菜。水裡來的那個男人雖然沒有露面，卻一直在勘作身邊陪伴著他。

當天晚上，還真的發生了大洪水。乖乖聽信水神旨意，把稻穀收進屋裡的人，生命財產都倖免於難；而對水神旨意一事感到狐疑，依舊把稻穀放在原地的人，心血全都付諸流水。

隔天，村子裡的人在水神神社發現那個來通報水神旨意的男人，便延攬他當師公，還讓他在神社旁有了自己的住處。

譯註1　一尺約為三十公分。
譯註2　裝設在屋簷下方山花處的木格柵。
譯註3　神道教用來盛裝供品的器皿。

田中貢太郎・たなか　こうたろう・一八八〇—一九四一

◎作者簡介

田中貢太郎・たなか　こうたろう

一八八〇——一九四一

小說家、日本怪談巨匠。號桃葉，明治十三年生於高知縣長岡郡。小學中退後於漢學私塾就讀，先後擔任教師、報社記者等職務。上京後師事大町桂月、田山花袋等文學名家，一九〇九年起協助田岡嶺雲晚年代表作《明治叛臣傳》的資料蒐集與代筆寫作。自言深受中國小說家蒲松齡影響，嗜讀《剪燈新話》、《聊齋誌異》等中國志怪小說的田中貢太郎，於一九一八年首次嘗試創作怪談《魚妖・蟲怪》發表於《中央公論》，旋即掀起怪談創作熱潮，開啟其後致力於怪談寫作、改編與翻譯的創作生涯。一九三四年出版其耗費二十餘年、總數約五百篇的集大成之作《日本怪談全集》，奠定他在日本怪談文學領域中無人能及的泰斗地位。

如影隨形的亡魂

「唉呀，真是的！我竟然這麼不小心，真是丟人。」甚六尷尬地說。

人在茶壺旁的老闆，用很詭異的眼神看著甚六的臉，說：「不是您不小心，是只要您一打算拿起盤子，身邊那個小孩就把它拍掉。那個小孩不是您帶來的嗎？」

「老嫗茶話」裡有很多詭異的故事，而這個故事也是其中之一。在奧州[1]某處，有個老百姓名叫甚六。作者說他恣意妄為、冷漠殘酷，總之就是個冷酷無情的男人。

甚六有個姊姊。這位姊姊因為年輕喪夫，便帶著一個女兒守寡。沒想到這位姊姊竟也生了病，最後她如照進屋裡的秋陽般，寂寞地辭世。姊姊的女兒名叫小藤，當年還是個十二、三歲的小女孩，因為沒人照顧，甚六只得不情不願地收留她。如前所述，甚六是個冷漠的男人，他把這個小女孩當作是上門的野狗，對她百般凌虐。到頭來甚至只要有點什麼東西不見，甚六就會說是這個小女孩搞的鬼，還把小女孩綁在後院的栗子樹上，任憑她哭喊，連飯都不給她吃，甚至到了入夜後也不放人。一個天寒地凍的冬夜裡，小女孩一直哭喊到夜深，聲音愈哭愈微弱，直到最後再也聽不見。天亮後甚六到後院去一看，才發現小女孩已經凍死了。事情都已經到了這樣的地步，甚六竟然沒有太多錯愕。不僅如此，想必他一定是覺得少了麻煩樂得輕鬆。他像丟垃圾似的，把小女孩的屍體拿到荒郊野外草草埋掉。不久後，甚六自己找到了原本咬定是小女孩偷的那些東西。這下子他應該也感到些許歉疚了吧。

事發當時已是年關將近，不久後隨即迎春賀歲，來到大年初一。甚六人在家裡，正準備斟屠蘇酒、吃年糕湯慶賀新年之際，佛堂裡傳來了詭異的聲音。甚六夫婦嚇了一跳，往佛堂方向一看，沒想到佛堂裡的牌位和素燒碗盤接連飛來，彷彿是有人扔過來似的。

從這天起，甚六家中就陸續開始發生一些怪事。甚六夫婦甚至還看到了小藤的身影，既不像作夢，也不像現實。這下子連甚六也怕了，連忙請來村裡的山伏[2]，準備辦法事祈福時，須彌壇[3]竟自己動了起來，供佛花瓶和山伏的錫杖等物品，也都像是被人扔出去似的飛到屋外，連山伏都嚇得逃之夭夭。

甚六心想這下子除了求助更靈驗的神明之外，已別無他法。於是隔天他便動身前往柳津[4]，祈求當地的鎮守神保佑。回程途經一個叫岩坂的地方時，已是傍晚時分。甚六原本打算先在當地吃過晚餐後，再繼續趕路回家，但他發現這裡就有旅社，便走了進去。

等了半晌，旅社老闆送了兩份餐點過來。甚六覺得狐疑，便對老闆說：

「我只有一個人，不需要兩份餐點。」

老闆聽完，狐疑地環視了屋內一圈，說：

「剛才有個看來大概十二、三歲的細瘦妹妹，跟在您後面走進來，說是和您一起來的，還進到這裡來。那她究竟是誰呀？」

甚六腦中彷彿響起了「鏘」的一聲，但他不敢說出口，只好裝傻說：

「不知道會是誰？」

「我記得那個妹妹明明走進來了呀！她穿著一件舊浴衣，看起來好像是地錦花樣的；一頭髒兮兮的頭髮都沒綁好，披頭散髮的。」

老闆覺得心中的疑惑還沒解開，便起身向拉門外的緣廊張望了一番。

甚六一臉慘白地坐著，根本無心動筷，還不時膽顫心驚地往自己的身後望。

「真奇怪，我記得她穿一件看起來像地錦花樣的舊浴衣呀……」

老闆邊說邊關上了拉門，來到甚六面前。他不經意地看了甚六慘白的臉龐一眼，口中喃喃地說著「真奇怪……」，離開了這個房間。

後來甚六無可奈何地拿起了筷子，但整個背脊都在發涼，而放進嘴裡的餐點，也像是在嚼木屑似的，根本食不知味，最後只得草草地放下了筷子。甚六他想趕緊上路回家，抬頭才發現日已西沉，室內變得一片幽暗。他心想：「從岩坂到家，還有約莫兩里[5]路程，只要走一小段夜路就能趕回家，但如果像剛才這樣，接連發生詭異現象，難料路上會發生什麼事。」一想到這裡，就連天不怕地不怕的甚六，也無心摸黑上路，便決定在這裡住一晚。

對甚六而言，這一晚漫長得可怕。他擔心睡夢中會不會發生什麼怪事，整晚睡睡醒醒，不時看看枕頭旁那盞微暗的有明行燈[6]燈火。然而，這一晚並沒有發生什麼詭異的事。

甚六心想自己求神拜佛，漸漸開始看到效果了，於是他一大清早就啟程離開了岩坂。途中，他來到一個名叫坂下的小村，覺得有點渴，便想找找有沒有可以喝點水的地方，或是能在茶館歇歇腳。甚六邊走邊找，在路邊發現了一家茶館，覺得很合適，就二話不說地走了進去。

仔細一看，甚六發現店裡的竹簍盤上，放了一些他愛吃的涼麵線。

「我想來一份涼麵線。」

「涼麵線是嗎？好的，好的。」茶館老闆停下了手邊原本要倒的茶，備妥涼麵線裝盤之後，便端了過來。

甚六轉身面向膳桌，拿起涼麵線，正要開始吃的時候，盤子突然一個不穩，掉到了膳桌上。「欸？怎麼搞的？」甚六連忙重新拿好盤子，準備再次動筷吃麵時，孰料又被打了一下，盤子掉到膳桌上。

「真奇怪……」

甚六這次緊緊端好盤子，再拿高湊到嘴邊。正當他打算扒一口麵、送進嘴裡時，盤子又一個不穩滑落，掉到地上摔成兩半。

「唉呀，真是的！我竟然這麼不小心，真是丟人。」甚六尷尬地說。

人在茶壺旁的老闆，用很詭異的眼神看著甚六的臉，說：

「不是您不小心，是只要您一打算拿起盤子，身邊那個女孩就把它拍掉。那個小孩不是您帶來的嗎？」

「啊？」甚六一臉驚恐地看看右邊，再看看左邊，根本沒看到有人在他身旁。他慌張地四處張望了一番。

「那邊，那邊！您右邊有個十二、三歲的小女孩啊！她不是您帶來的嗎？」
甚六慌得六神無主，一臉蒼白，全身發抖。
「哎呀？哎呀？那個小女孩不見了，人跑到哪裡去了呀？」
老闆又接著說。
甚六看了看老闆。老闆則是倒了茶，送到甚六面前。
「世上還真是什麼怪事都有。您先喝杯茶，壓壓驚吧。」
甚六喝了老闆送來的茶之後，好不容易才回神，但已沒有胃口吃下那份涼麵線了。
「……這份涼麵線我會付錢，但我吃不下了。能不能再給我一杯茶？」
老闆用其他的杯子，又倒了一杯茶過來。
「就算真的是一時著了魔，只要您還願意喝茶，那就沒事了。」
甚六喝了第二杯茶之後，就走出了這家茶館。他心想事情這麼邪門，恐怕已經到了神佛無用的地步。這下子只能向小藤賠罪，請她原諒，否則別無他法。
這天晚上，正當甚六和他太太在行燈下談著這件事的時候，行燈竟自己飄了起來，在屋裡飛過來又飛過去。

有人聽說甚六家裡發生了一些奇妙的事，便跑來向甚六獻策。

「看來那不是狐就是貍搞的鬼。你只要在她可能經過的地方撒些乾沙，她就會留下腳印，這樣她就無所遁形了。」

甚六照著那個人的建議，在氣窗下方撒了一些沙。沒想到當天晚上，窗外有個詭異的女孩探頭進來，說：

「你們以為我是狐或貍嗎？」

說完之後，女孩大笑不止。

甚六夫婦這才明白，原來一切都是小藤作祟。後來，他們慎重其事地為小藤祭祀超渡，怪事才終於平息。

譯註1　青森、岩手、宮城、福島和一部分的秋田縣地區，古代合稱為奧州。

譯註2　住在山林裡修行的僧人。

譯註3　安放佛像的臺座。

譯註4　位於福島縣西部。當地有一座圓藏寺，供奉著日本三大虛空菩薩之一的福滿虛空藏菩薩。

譯註5　一里約為現今的四公里。

譯註6　江戶時代的室內夜間照明燈，以木、竹等為骨架，裹上和紙製成燈罩，燃料則多半使用菜籽油，多放在枕邊。

田中貢太郎・たなか　こうたろう・一八八〇—一九四一

藍甕

耳邊傳來兩、三個小孩的歌聲。順作他們的左手邊有個像是宅邸舊址的空地，小孩就是從那裡跑出來的。還有很多高度不輸成人身高的大甕，也倒放在空地上。

「咦？這是什麼？」女人指了一下，順作便認真思考了起來，最後推想可能是染坊用的甕。

格子門緩緩地開啟，接著便有人走了進來。順作拿著酒杯，望了坐在眼前那個臉施白粉、眼角帶著幾許憂鬱的女人一眼，就轉向右前方，往玄關處張望——玄關那扇髒髒舊舊的格子門，在陰翳的天色中格外醒目。

「會是誰呢？」

順作心想：「我悄悄地搬到這裡，風聲沒走漏給任何人。現在才過了一天，怎麼會有人找上門來？該不會是他吧？」他輕輕拉開紙門，看到一張蠟黃小臉出現在門外。

「你在啊？」

原來是被他偷偷摸摸，像遺棄小狗般拋棄的父親。

「嗯。」

順作不敢看父親的臉，但一方面又百思不解，覺得自己為了不讓風聲走漏，已經這麼小心翼翼，連拖車都刻意找了遠處的，為什麼父親還會知道？

「我聽說下了電車之後，要走十丁[1]左右，結果這根本就是將近一里[2]嘛！哎喲喂呀……」

老人身穿一件髒得看起來像灰色的白底細直紋單衣[3]。他關上了拉門，蹣跚地走到茶几旁坐下。

「你還真有辦法，竟然找得到這裡。」

順作無可奈何地說完，看了看父親的蠟黃小臉。這時，他發現父親左眼的上眼皮腫成一片青紫。

「是前面那家車行的老闆來問我的。因為你偷偷搬走，我去參拜大師寺之後回到家，東摸西弄一陣之後，車行的老闆就找上門，說『你兒子真是個不肖子！竟然拋下老父跑路了。這得報警才行，我和你一起去。』我說：『那可不行。他做生意不太順利，有點狀況才搬走的，千萬別報警啊！』才把他打發掉。」

「當然要打發掉他呀！這麼不景氣，我欠了一屁股債才跑路，警察找上門也未免太可怕了吧！」

「是啊，是啊。所以那個老闆要我到他家去，我都沒去。」

「真是多管閒事。」

「是啊，我也很氣啊！他說『你和你兒子是不好，但那個女人更糟糕。她可是個在青樓遊走過的狠角色呀！只要身邊有老爺在……』」

有個女人露出剛梳好的圓髻[4]髮型，上面繫著一條紅色手柄[5]。她原本只盯著火鉢裡的火，對這位父親連正眼也不瞧一眼。這下子她氣得破口大罵：

「反正我就是個在青樓遊走過的狠角色嘛！」

父親急忙解釋：

「別發火，別發火。妳搞清楚，說妳壞話的不是我，我只是轉述車行老闆說的話……」

女人惡狠狠地瞪著老父親的臉。他那腫成一片青紫的左眼發著青光。

「都是你多嘴。誰叫你跑來把車行那個傻瓜說的話又說一次？」

順作對這個跑來說三道四，惹火家裡女人，還得意洋洋的不速之客，簡直是恨之入骨。

「那、那、那還真是不好意思，是我不好。但我也是因為聽到人家說了這位姑娘的壞話，才一時氣惱，跑來說這件事。我就是被惹惱了，所以車行老闆邀我去他家，找我去吃飯，我都沒去。」

「那你怎麼會知道我在這裡？」

「車行的年輕夥計，有人認識拖車行那些小夥子啊。」

「原來如此。」

順作心想自己應該安排得保密到家，竟然還是走漏消息，氣得火冒三丈。就因為前幾天搬家時，在路上遇到熟人，就害他搬家的事曝光，這也讓他很惱火。

「還好我很快就聽到消息。我顧著忙東忙西，那些外人就開始到處說三道四，這位姑娘實在太可憐啦……」

順作像是要壓過老先生說的那些話似的，大聲吼他：

「你給我聽好，現在你做的事，就是在找麻煩。你打算沒完沒了的講到什麼時候？」

老父親發青的左眼，看來令人毛骨悚然。他盯著這個不肖子的臉，說：

「原來如此，原來如此，原來通風報信是我不對啊？既然不對那我就不說了。你畢竟也年過四十了，是個有想法的男人。我什麼都不多說，只要你頂天立地，別做那些會落人笑柄的事就好。」

這時，女人站了起來，彷彿是在說自己已經待不下去似的。她在單衣外面披上了一件華麗的外衣，將陰鬱的屋子裡妝點得滿室生輝。這讓順作注意到了她的舉動。

「妳要去哪裡？」

「我出去一下。」

「去哪裡？」

「就出去一下。」

「吃過飯再去吧？我也一起去。」

「但我就是想出去走走嘛！」

「那我也去散步。」

「家裡怎麼辦？」

「有人看家，沒事的。」

「是嗎？」

順作起身看了看他的父親。

「你要是肚子餓了就先吃點飯，我去去就來。」

「沒事，沒事，你儘管去。我很晚才吃過東西，現在什麼都不想吃。」

女人先走向身後那個放在牆邊的梳妝台，稍微蹲下照了照鏡子之後，便往玄關走去。順作見狀也跟了上去，就像是被她拖走似的。

順作和女人穿過郊區電車那個沒設柵欄的平交道，走進一條沿途夾雜著民宅和田畝的路。

原本烏雲滿佈的天空，開始透出些許縫隙。黃昏的西邊天空，被燻成了樺木色。圍著竹籬笆的人家，籬笆邊開了幾朵大波斯菊，田邊一隅則有著結了穗的芒草。

「還真傷腦筋呀！」

「很傷腦筋啊！」

「搬到鄉下去吧？」

「說的也是。」

「鄉下總不會三天兩頭找上門了吧？」

「很難說，畢竟我們都已經保密成這樣，還是被他發現。」

「說的也是。」

「除非我們找個洞穴躲起來，否則他還是會追來啦！」

「是啊！還真想找個地窖躲起來。」

「對呀！」

耳邊傳來兩、三個小孩的歌聲。順作他們的左手邊有個像是宅邸舊址的空地，小孩就是從那裡跑出來的。還有很多高度不輸成人身高的大甕，也倒放在空地上。

「咦？這是什麼？」

女人指了一下，順作便認真思考了起來，最後推想可能是染坊用的甕。

「好像是染坊用的甕。」

「好大喔。」

「染坊用的甕的確都很大。」

「要不要過去看看？」
「好啊。」
兩人轉往空地走去。這片空地上稀疏地長了一些雜草，還有蟲鳴聲不絕於耳。
剛才說的大甕，總共有十五、六個之多。
「小孩要是跑進這些甕裡，恐怕就出不來了吧。」
「應該是出不來吧。」
「重嗎？」
「誰知道。」
順作不知在傻傻地想著些什麼，回過神來之後，又走到附近的一個甕旁，朝著收窄的底部用力推了一下——甕雖然很重，但這麼一推，還是讓甕往側邊倒了一下。
「要是小孩被丟進甕裡，真的會出不來嗎？」
「誰知道。」
順作一邊說著，一邊離開甕旁，四處張望了一番——他在注意有沒有人看到他做了什麼事。
女人盯著順作的一舉一動，不發一語。
「走吧。」
兩人步出空地之際，四下已是日暮時分。
「喂，」
順作依偎在女人身邊，低聲地說：
「回家去把麻煩人物帶過來吧！」
女人也低聲地回答：
「這樣好嗎？」
「好得很。」

順作和女人回到家，老父親還孤伶伶地坐在當初的那個位置。
「哎呀！回來啦，回來啦！」
順作聽了父親這句話之後，接著說：

「我想去寄席[6]，所以回來叫你。你要不要去？」

「哦？要帶我去寄席喔？真是太求之不得了。有什麼表演嗎？」

「有落語啊。」

「這樣啊。那姑娘妳也要去嗎？」

「要去啊。」

「那太好了，真的要帶我去嗎？」

「那我們吃過飯再出發吧！爸，你吃過了嗎？」

「我吃不下。今天很晚才吃過蕎麥麵，要是等會兒餓了，就回來再吃吧！你們吃就好了。」

「那我們吃吧。」

兩人吃起了飯，老父親則是默默地坐在一旁。

餐後，三人一同出門。家戶門燈稀疏的街頭，顯得特別暗。老父親跟在兩人身後，緩緩地前進。

三人不發一語地走著。郊區線的電車鐵軌旁，亮著一個又一個的電燈。一行人越過平交道，繼續往前走。

四下蟲鳴不絕於耳，天空滿佈著烏雲。他們三個人就這麼往那塊空地走去。

「我們穿過這片空地吧！這裡比較近。」

順作說完，望著緊跟在身後的父親。

「好啊，好啊，抄近路很好。」

三人往空地裡走去。走到甕旁時，順作停下了腳步。

「爸。」

「怎麼？」

「我有話想跟你說。」

「什麼事？」

「你蹲下來一點。」

「好。」

老父親就地蹲了下來。女人偷瞧了他的臉，覺得那個腫起來的左眼，看來就像是發著青光。順作幾下子就用手裡的東西，把老父親的小臉給包了起來。老父親連一聲都沒吭。

「咿咻！」

女人喊著，並衝上去抱住老父親；而順作則是整個人緊抱著旁邊的大甕。

「嘿咻！」

甕裡發出「嗚……嗚……」的呻吟。

順作和女人匆忙跑離甕旁。

兩人回到平交道。電線桿上亮著的燈光，朦朧地照著他們的身影。

電車的聲響從近處傳來。

「電車來了。」

順作讓女人走在前面，兩人打算跑步穿越鐵軌。沒想到女人突然一個踉蹌，整個人往前撲倒。順作大吃一驚，急忙想把女人抱起來，卻發現地上竟空無一物，根本不見女人的蹤影。順作嚇壞了，心想自己是不是眼花，正打算再定睛看看之際，右邊駛來的電車，把順作整個人撞飛，讓他當場失去意識。

順作頭部有些撕裂傷，右手也骨折，被送進了附近的醫院。

隔天，順作終於恢復意識，便找人到他家，去把女人叫來，沒想到去的人竟說女人不在家，而她也沒在醫院露面。順作心想女人該不會是畏罪潛逃了吧？比起女人的安危，順作更擔心他的罪行曝光。

隔天，護士帶了順作不認識的兩個男人過來。從言行舉止看來，這兩個男人八成是刑警。順作全身發抖。

「我們是警察。你是不是原本住在芝地區的濱松町ｘｘｘ號，大前天才搬到這裡來？」

「是的。」

「為什麼你父親沒跟著一起搬過來？」

「我有很多苦衷。我做生意有些周轉上的問題，所以才悄悄地搬到這裡來，沒讓任何人知道。這件事我爸也知道，你們可以去問他。」

「真的是這樣嗎？」

「真的是這樣。」

「看來你還不知道，你父親在你搬家當晚，陳屍在你先前的那個住處二樓。」

「啊？」

明明昨晚才親手把老父親推進甕裡，怎麼會大前天晚上就死了呢？這也太詭異了吧？但順作不敢把這些話說出口。

「你覺得你父親為什麼會暴斃？」

「我、我在新宿一帶開咖啡館失敗後，就到處搬家。這一點我爸也知道。」

順作對這樁詭異的祕密左思右想，卻仍百思不解。後來，警察又找他偵訊了幾次，他才知道父親的遺體已經火化了。

過了三個星期，順作總算痊癒出院，正打算回家時，不知不覺竟又走到了那片空地。仔細一瞧，空地上聚集了好多人，不知道在圍觀什麼。順作雖然害怕，卻還是忍不住想一探究竟，便戒慎恐懼地走過去，往人群裡一看——地上倒著一個甕，旁邊躺著一具腐爛的女屍，身上穿著一件順作很眼熟的外衣。順作看了一眼之後，當場就昏倒了。

譯註1　一丁約為一一〇公尺。

譯註2　一里等於三．九二七公里。

譯註3　單層無內裡的和服。

譯註4　早期日本女性梳的傳統髮型，常見於已婚者。

譯註5　日本傳統髮型上用的一種髮飾。

譯註6　表演說書等傳統大眾娛樂表演的場館。

田中貢太郎・たなか　こうたろう・一八八〇―一九四一

灶中人臉

僧侶連續十天都來拜訪。直到有一天，三左衛門左等右盼，就是等不到他上門，不知道是不是另有要事。要和老闆對弈，三左衛門實在提不起勁，於是便找了陪他從江戶過來的隨從，一起到戶外去走走。

I

「今天也讓你輸個精光吧？」

相場三左衛門說完這句話之後，擺出了棋盤，望著坐在正對面的溫泉旅館老闆，露出了笑容。

「昨天實在是輸得太不甘心了，所以我整晚沒睡，拚命惡補了一番，今天我可沒那麼容易輸。」

老闆落寞地笑了笑，便拿起棋子開始落子。

「原來如此。那我可不能掉以輕心，別以為對手好惹就輕敵，是吧？」

老闆到處擺棋落子，三左衛門看見他的指尖在顫抖。

老闆就是有這麼一個神經質的怪癖。

「今天我絕不會三兩下就輸掉。」

老闆很愛下棋，卻是所謂的「下不好又愛下」，三左衛門每次都得讓他四、五子。不過，在湯治的這段期間，三左衛門為了打發時間，還是會陪老闆下個幾盤。

「那就拜託你別再輸囉。」

自從三左衛門離開江戶，到箱根山區小住迄今，已過了二十多天。

「那我今天就來大獲全勝吧！」

兩人像是這才想起要下棋似的，敲出一聲聲的落子聲。這天是個初夏晴好的日子。敞開的拉門外就是一條山路，山路上或上或下的人影，有時會拖著看似雲霧般的淡影。

「有客人上門嗎？」

三左衛門覺得有個影子，但無法判斷那是人影還是鳥影，便提醒老闆一聲。

「的確是有客人上門，但那個客人是個奧客，我覺得很傷腦筋。」

老闆聚精會神地下著棋。

「如果真的是奧客，那就得趕他走才行吧。」

三左衛門笑著朝緣廊瞄了一眼——那裡站著一位臉色蒼白、身型削瘦的僧侶。

「是雲遊僧？」

三左衛門微微頷首示意。
「讓我瞧瞧，我也很愛下棋。」
僧侶也對三左衛門頷首回禮。聽了他的聲音，老闆才回過神來。
「哎呀，是大師啊！請坐吧。」
「讓我瞧瞧。」
僧侶身穿一襲破了洞的黑法衣。他解開菅笠[1]的綁繩，在緣廊邊坐了下來，斜著緊盯棋盤盤面。
「那我們就再繼續吧！」
三左衛門放下了原本一直握在手中的棋。
「那我也來下一手吧？這裡，我來下這裡吧！」
老闆落子下棋，好像連有僧侶在這件事都忘了。
「那我下這裡。」
在三左衛門沉著的說話聲中，夾雜著老闆略顯慌張的聲音。
「又下壞了一盤棋。這個連這個……客倌，我又輸了，這盤棋沒救了。」

老闆失落地說。三左衛門放聲笑了起來。

「你不是說今天不會輸嗎？這是怎麼了？」

「謝謝指教。」

老闆輕輕搔了搔右耳，接著把目光望向了僧侶。

「大師，您覺得如何？我應該是不行了。」

「我也愛下棋，但下得不好。」

「換個對手切磋，會比一直和同樣對手下棋更有意思。怎麼樣？你要不要下一盤？」

僧侶露出不排斥的表情。三左衛門接著說：

「那就請你指教一盤吧？」

「我恐怕不是您的對手。」

僧侶邊說邊往屋內移動，打算在緣廊盤腿坐下。

「那裡是木板，這裡請吧？」

三左衛門想請僧侶坐到疊蓆上，僧侶卻搖頭婉拒。

「我習慣坐在石頭或木板上。」

於是三左衛門把棋盤挪到門口，讓一邊的棋盤腳放在門檻上。

「看來你我棋力似乎是在伯仲之間，那就由我先下吧。」

僧侶把手伸進老闆送過來的棋罐裡。

「我先吧。」

三左衛門還沒說完，僧侶已經落子下出第一手。

「那可不行，我先下。」

「算了，這次就先這樣吧。」

於是兩人開始落子下棋。三左衛門下得悠哉，僧侶也下得悠哉。屋裡只有下棋落子的「噠、噠」聲響迴盪。

過了不久，黑、白兩色的棋子就占滿了整個棋盤。三左衛門知道自己輸了。

「我輸了，應該輸兩、三目吧。」

但他覺得棋逢敵手，這盤棋下得很有意思。

「你輸得很慘，應該輸了兩目吧。」

僧侶這麼說道。仔細數過之後，果然如僧侶所言，是三左衛門以兩目之差落敗。

「那這一局換我先。」

三左衛門先開始落子，僧侶則依三左衛門所言，在他落子之後才下，結果是僧侶以兩目之差落敗。三左衛門覺得這兩場對局實在是很有意思。

「這一局又換我先。」

僧侶先在棋盤上落子。

「這實在是太有意思了！」

老闆也開心得像是自己在下棋似的。

II

三左衛門和僧侶就這樣下棋下到了傍晚，雙方一勝一負，都是先手勝、後手敗，差距並不懸殊，雙方都下得非常過癮。僧侶下完棋要離開時，三左衛門開口說：

「您是不是會在附近哪家寺院停留一段時日？」
三左衛門很捨不得僧侶離開。
「我在這座山上築草堂而居。」
僧侶站起身，把菅笠戴在頭上。
「那還能不能再請您和我對弈？不然就明天吧？明天能不能再邀您下棋？」
「那我就恭敬不如從命了。我一聽到有棋可下，就忍不住技癢。明天也好，後天也罷，只要想下棋，我每天都可以來和您對弈。」
「那真是太感恩了！我現在每天都閒得發慌啊！」
「那我們就明日再會。」
僧侶走出屋簷外上路，就像鳥兒飛在夕陽餘暉中似的，往山坡上走去。
「原來有個這樣的和尚住在附近啊？」
老闆說他完全沒留意到這件事。
「連你也沒發現啊？」
三左衛門已經想著要去泡溫泉了。

「先前我都沒發現，他都在哪裡出沒啊？畢竟這附近常有那樣的和尚來來去去……」語畢，老闆像是突然想起了什麼似的，接著說：

「這些和尚當中，形形色色各種人都有，千萬別輕易和這些和尚稱兄道弟，不過那個和尚應該沒問題吧。」

「和尚出過什麼怪事嗎？」

「當然有怪事啊！這座山上有很邪門的和尚，據說只要有人談起他的事，就會被他索命。不過沒人知道詳情究竟是怎麼回事，畢竟沒人真正被索命，也沒人真的見過那個和尚，但的確有人在謠傳這件事。」

「原來如此。算了，管他的，只要棋下得好，就算真的是個邪門和尚也無妨。」

隔天，那個僧侶果然又再上門。滿心期盼的三左衛門馬上拿出了棋盤，自己下先手，展開首場對弈。下了先手之後，三左衛門果然又像昨天一樣獲勝；而改下後手時，就必定會輸。這一天，僧侶也陪三左衛門下到傍晚才離開。

之後，僧侶幾乎天天都上門來拜訪。三左衛門覺得老是讓僧侶跑一趟過來，有點過意不去，況且他也想看看這位僧侶過著什麼樣的生活，心想總有一天要到僧侶的住處去拜訪。有一天，他總算開口說：

「老是讓您過來，我覺得很不好意思。我想找一天去拜訪您，順便上山走走。」

「我的草堂位在山裡有狼、狐出沒之處，毫無景觀可言，是個糟糕的地方，就不勞您跑一趟了。」

「只要不會打擾您，我覺得不親自跑一趟，實在是過意不去。」

「不用這麼客氣，我那裡不適合招待客人，您的好意我心領了。」

「這樣啊。」

三左衛門把話題拉回圍棋上。

「那就麻煩您再指教一盤吧。」

僧侶連續十天都來拜訪。直到有一天，三左衛門左等右盼，就是等不到他上門，不知道是不是另有要事。三左衛門實在提不起勁和老闆對弈，於是便找了陪他從江戶過來的隨從，一起到戶外去走走。

初夏的山林裡，處處有嫩葉妝點。低頭一看，路右側的谷底，有著如銀般的流水，從黑色的岩石之間流過。山谷裡還聽得見杜鵑鳥鳴。三左衛門心想有沒有視野遼闊的地方可去，於是便離開幹道，轉進叉路，循著通往小山峰的山路往上爬。

三左衛門抬頭就可以看到一座山頂光禿的雄偉大山，想必應該是駒嶽山吧？青白色的雲層，不斷地飄過山頂附近。

這條山路延伸到了杉樹、檜木的樹林裡。這裡既看不到那座雄偉的大山，也看不到天空的顏色。檜木樹枝上掛著些許松蘿，看似霧靄的白霧繚繞四周，寒意逼人。

眼前是一片有著許多岩石的雜木林，而這條路則是通往山谷裡的一條小溪。

「老爺，那裡竟然有一間小屋。」

聽到緊跟在身後的隨從這麼說，三左衛門回頭一看——隨從指著溪谷對岸，還要再往上很遠的地方。

「在哪裡？」

「就在那裡。」

那裡有一塊岩石，上方長滿了黑色的樹枝，看起來就像是馬的鬃毛。而就在這塊岩石的下方，有一間看似小屋的房舍。

「原來如此，還真有一間小屋。」三左衛門才剛說完，就想起了那個僧侶，「說不定他就住在那樣的地方。」

「是哪一位？」

「每天來找我下棋的一個和尚。」

「那個和尚不住在寺院裡嗎？」

「他說他住在一間草堂，不是寺院，說不定就是那裡。我們就過去那間山屋瞧瞧吧！這樣也好，就當作是走路消化一下。」

三左衛門發現有路——岩石上鋪有石板，要渡河到對岸去，應該不會太費力。於是兩人便沿著岩石走了過去。

在雜樹和岩石之間，有些可供人通過的小徑。每次三左衛門心想「原來要走這裡」，往前探看究竟時，才發現路上長滿了荊棘和藤蔓。他和隨從不時停下腳步，想清楚下一步該踩在哪裡，才繼續往上爬。

兩人總算來到岩石下方的小屋前面。三左衛門深吸了一口氣，才往小屋門口走去。

「有人在嗎？有人在嗎？打擾一下。」

「您是哪位？」

屋裡有人回話，隨後也出來應門——應門的就是那個雲遊僧。

「我已經百般婉謝您來訪，沒想到您還是來了。也罷，既然來了，就請進來吧。」

僧侶滿臉不悅地說。三左衛門想起他說要來拜訪時，僧侶婉拒他的那一番話，心想自己真不該來。

「不不不，我並非刻意來訪。今天因為您沒來，我閒得發慌，所以才帶著隨從，想去找個視野遼闊的地方。結果走到下面那個溪谷的時候，發現這座草堂，又想起了您，猜想您會不會在這裡，才繞過來瞧瞧的。」

「算了，算了，那就請您進來吧，我來為您泡杯茶。」

僧侶走進屋裡，三左衛門也脫掉了草鞋，走進這座草堂。草堂裡鋪著稻桿正面設有佛龕，佛龕的門關著；左邊則有兩口灶，灶上掛著茶釜[2]和鍋子。
僧侶走到灶前坐了下來，三左衛門也跟著走了過去，在和尚對面坐下。
「看來我好像打擾您誦經了，我很快就告辭。」
三左衛門以為僧侶討厭外人來訪，是因為會打擾他誦經禮佛。
「不，不會打擾我誦經，只是我有點苦衷。別說這些了，我來泡茶吧。」
僧侶的眼神很肅殺，不帶半點親切。
「不必泡茶了，我也沒那麼想喝，您就別忙了。」
三左衛門說完之後，偷瞄了茶釜一眼——茶釜下方那口灶，底下竟悄悄地露出了一張人臉，而且臉色慘白，表情滿面驚恐。三左衛門大吃一驚，但他畢竟是個有膽識的男人，所以又不動聲色地望著僧侶的臉。僧侶瞪大眼睛盯著爐灶下看，不知道是不是懷疑三左衛門發現了那張臉。沒想到那張臉竟像是消失了一樣，又縮回灶裡去。
「唉，在這種柴火隨手可得的地方，反而容易忘記備足木柴。沒柴了，我去撿些樹枝過來，請您稍等。」

僧侶說完便起身走了出去。三左衛門把放在一旁的刀拿到身邊，仔細查探草堂各處，包括灶底下。他驚覺此地不宜久留，準備趕緊打道回府。然而，要是就這麼落荒而逃，恐將成為武士之恥，於是他決定要留下一大筆布施之後再離開。不過，要是直接在僧侶面前拿出來，難保他不會又藉故推辭。三左衛門決定趁現在先把布施放好，等僧侶一回來，就起身告辭——三左衛門一邊望著灶底，一邊這麼思忖著。

（還是放在佛龕裡比較妥當）

他突然想到可以把布施放在佛龕裡，便找出懷中的錢包，抽出鈔票，再用草紙包好。

「源吉。」

三左衛門回頭把那個坐在門口石頭上的隨從叫來。

「是。」

隨從起身走了過來。

「幫我把這個放進佛龕裡。」

「是。」
隨從走進屋裡，從三左衛門手中接下紙包後，往佛龕走去，畢恭畢敬地伸手打開佛龕之後，卻不知為什麼大吃一驚，整個人往後彈開。
「啊！頭……頭……」
剛才發生過灶底下那件事，三左衛門猜想一定又出了什麼狀況。
「怎麼回事？」
「裡面有人頭，活人頭。」
「是嗎？」
三左衛門起身前去查看。佛龕上供著一尊模樣不太尋常，外觀被薰黑的詭異佛像，前面放著一個臉朝內、頭髮梳成男髷[3]的人頭。
「好吧，把那個紙包拿過來。」
三左衛門從隨從手中接下了那個紙包，把它擺在佛像和人頭中間。佛像的眼睛亮著刺眼的光芒，還有三頭六臂，模樣相當怪異。
「好了，你到那邊去等我，別忘了要擺出若無其事的表情。」

三左衛門關上佛龕的門之後，又回到原位坐下。在此同時，隨從也回到入口處的石頭上坐下。

「哎唷喂呀……住在這樣的樹林裡，家裡的柴火竟然用光了。」

僧侶抱著枯枝回來了。

「這真是太不好意思了，給您添麻煩了。」

三左衛門若其事地說，但絲毫不敢大意。

「住在這樣的樹林裡，家裡的柴火竟然用光了，真是要不得。」

僧侶一邊說，一邊把枯枝放進灶裡。三左衛門望向灶底下，看到剛才那張人臉又冷不防地出現。這時僧侶突然握起拳頭，正準備動手之際，那張人臉又縮了回去。僧侶見狀，拿起了一旁的打火石點火，放進灶底下。

「這口灶直到剛才都還有火，很快就能把水煮沸。」

「我馬上就告辭，請不用客氣。」

三右衛門心中暗忖：「只要僧侶敢輕舉妄動，就一拳打倒他。」所以他一直緊盯著僧侶的一舉一動。

「要是有棋的話，就能請您陪我下一盤了。」
僧侶說話的聲音和在溫泉旅館時一樣，相當沉穩。
「是啊，要是有棋就能請您指教了。」
此時三左衛門同樣不敢大意。
「喔，茶煮好了。」
僧侶說完，不知從哪裡拿來了兩個茶杯，手上還拿著柄杓[4]。
「那喝完這杯茶，我就馬上告辭。」
「哎呀，別這麼急著走嘛。」
「不行，路不好走，我得盡快上路。」
「這樣啊。」
僧侶斟了茶，把一個茶杯放在三左衛門面前，另一杯茶則是拿到了門口。三左衛門趁僧侶不注意，把茶杯裡的茶倒進了稻桿縫裡。
「同行的這位仁兄，您也喝杯茶吧。」
耳邊傳來僧侶的聲音，接著還有隨從的聲音。三左衛門拿刀站了起來，這時僧侶已經折返回屋裡。

「今天真是太叨擾您了，我這就告辭。明天如果您有空，再麻煩您陪我下幾盤棋。」

「您要回去了呀？那我明天再過去拜訪。」

三左衛門小心翼翼地穿鞋，避免讓僧侶有機會出現在他身後；隨從則是搓了搓手之後，就站了起來。

III

三左衛門就這樣離開了草堂，匆匆下山，一路上不時提防著後方的狀況。

「老爺，您喝了那杯茶嗎？」

三左衛門身後傳來隨從急促的呼吸聲。

「你喝了嗎？」

「我倒掉了。」

「是嗎？那太好了。那種地方的茶怎麼能喝？我也是假裝喝完，其實全都倒掉了。」

三左衛門催促隨從快步下山，回到溫泉旅館。但他覺得整件事情實在是太邪門，便立刻找來旅館老闆。

「我今天碰上了很可怕的事。老闆，你覺得那個每天來下棋的和尚是什麼人？」

「您看到什麼了嗎？」

「豈止看到，我經過他的草堂，看到不得了的東西。」

老闆像是突然想起什麼似的，出手制止了三左衛門。

「客倌，請等一等，那些話說不得。他是個可怕的和尚，您要是把這件事告訴別人，您就會沒命，所以那些話千萬說不得。我看您最好快離開我家，今晚悄悄找個地方住，明天就趕緊回江戶去吧。我聽過一些傳聞，總之請您盡快離開。」

老闆的臉色大變，連聲音都在發抖。

「但這不是很怪嗎？這整件事究竟是怎麼搞的？」

三左衛門覺得事情實在是太不可思議了。

「別說、別說，千萬別說。我知道您一定是碰上很不可思議的事，您什麼都別說，最好趕快動身離開這裡。絕對不要把那件事告訴任何人，只要一說出去，您就會沒命。」

「但這未免也太詭異了吧？」

「別說、別說，那些話萬萬說不得。我絕對沒有胡說。您動作快點、快點吧！」

三左衛門聽不太懂老闆說的話，不過既然看到了那件荒謬至極的事，想必箇中一定有什麼蹊蹺。於是他決定回江戶，和旅館結清帳款後，便啟程出發。

此時太陽已經下山。當晚，三左衛門和他的隨從下榻在山腳下的旅社，隔天晚上則是住在藤澤一帶，再隔天來到金澤[5]時，竟有兩、三位家臣，從江戶的宅邸出發趕來，在旅館的入口等候三左衛門到來。

「你們怎麼來了？」

三左衛門狐疑地問。

「聽說老爺您今天會回東京，所以我們來迎接您。」

三左衛門覺得這一切實在太不可思議了。

「你們怎麼知道我要回東京？」

「昨天有個年約四十的和尚上門來拜訪，對門房守衛說：『我受託前來通報，府上老爺臨時決定要從箱根回來，明天就會到家。』所以我才急忙趕來接您。」

「年約四十的和尚？」

「身穿一席黑色破法衣的和尚。」

三左衛門不再開口。這天晚上，三左衛門一行人回到江戶的自家宅邸，家裡已有許多親戚朋友等著為他接風洗塵。

三左衛門一走進家門，眾人就圍上前來。三左衛門可愛的四歲小兒子原本站在緣廊，這時卻突然大叫，嚇得三左衛門立刻衝過去察看——只見緣廊上躺著一具無頭的男童屍體。

譯註1　蔓草編成的斗笠。

譯註2　日本茶道中用來煮水的鍋具。

譯註3　髷是日本傳統髮型，男士梳的男髷主要有七種。

譯註4　從茶釜中舀熱水用的工具。

譯註5　現為橫濱市的金澤區。

田中貢太郎・たなか　こうたろう・一八八〇—一九四一

藍微塵[1]的衣裳

夜半，續弦妻子醒了過來。她膽戰心驚地睜開眼睛，往黑暗中望去——枕頭右邊那扇隔開臥室與佛壇房間的拉門，一如往常地敞開。而身穿藍微塵衣裳的女子，端坐在門檻上，手貼地半向前伸，宛如幻燈投影般清晰可見。

這是發生在東京芝區的故事。芝區某町有一家當鋪，夫人因病過世，身後留下一個五、六歲的小女孩，於是老爺便再娶妻續弦。

這位續弦的妻子，個性乖巧柔順，臉上總是笑容可掬，對繼女也如親生女兒般的疼愛，所以女兒和她很親近，老闆也很放心。

然而，這位續弦妻子過門後不久，就變得很沉默寡言，整天冷漠地板著臉。以往她身上那股如花開時節般的溫暖氛圍，已不復見。

當鋪老爺家有個長輩注意到了這件事。長輩從他豐富的人生閱歷，推斷當鋪老爺應該是有了新歡，冷落了夫人，所以夫人才會愁眉不展。有一天，長輩把這位續弦妻子請到自己家裡。

「我看妳最近總是悶悶不樂，發生了什麼事嗎？」

「沒什麼特別的事。」

「應該有什麼事吧？妳最近都顯得鬱鬱寡歡。」

「我沒事啊。」

「一定有吧？絕對不會沒事。我猜應該是老爺冷落了妳，對吧？」

「沒有，沒那回事。」

「那是什麼事？妳說說看，我會幫妳想辦法的。」

一陣你來我往之後，續弦妻子抬起頭，滿臉蒼白地說：

「我會變成這樣，是因為碰上了可怕的事。我晚上只要一睡覺，擺佛壇的那個房間，和臥房之間的拉門就會敞開，然後就會有個女人從那裡走出來向我行禮。我害怕得不得了，晚上總是睡不安穩。但我又不想告訴老爺，只好保持沉默。」

「是什麼樣的女人？」長輩探詢。

「是個年輕貌美的女人，身穿藍微塵的衣裳，繫著黑緞腰帶，梳著圓髷髮型[2]。」

「她有沒有說什麼？」

「什麼都沒說，就只是伸出她那雪白纖瘦的手，優雅地放在地上，然後向我行禮。」

長輩馬上想到那可能是老爺的大房妻子，但沒說出口。他把當鋪老爺找來，當面把續弦妻子說的話轉告老爺。

「她說那個女人身穿藍微塵的衣裳，你有沒有想到什麼？」

當鋪老爺知道大房妻子很喜歡藍微塵的衣服，總會特地挑它來穿。聽了這番話，老爺的背脊一陣發涼。

「那是我過世妻子愛穿的衣服。」

長輩點了點頭，沉默半晌之後，才像是自言自語似地說：

「她是不是還有什麼眷戀？」

「一定是！喪禮都已經辦得那麼隆重了，應該不會有什麼缺漏才對。」老爺說完之後，看了看身旁的續弦妻子，接著說：「況且妳還那麼疼孩子，應該都很周到了。要是下次再有這種事情，妳就叫醒我，我來教訓她。」

隔天晚上，老爺和續弦妻子一如往常地陪在女兒的兩側，三人睡在家中最內側那個八張榻榻米的房間裡。這個房間與土藏[3]倉庫相鄰，另一頭就是設有佛壇的那個房間，大小約莫榻榻米四張半。更往外的緣廊，則是一路連到土藏倉庫的入口。

夜半，續弦妻子醒了過來。她膽戰心驚地睜開眼睛，往黑暗中望去——枕頭右邊那扇隔開臥室與佛壇房間的拉門，一如往常地敞開。而身穿藍微塵衣裳的女子，端坐在門檻上，手貼地半向前伸，宛如幻燈投影般清晰可見。續弦妻子想起老爺說要叫醒他，便伸手推了推老爺的肩膀。

老爺張開眼睛一看，發現是續弦妻子在叫他，立刻明白是怎麼回事，便抬起頭一看——女人已在鞠躬行禮。

「喂！人家都已經這麼疼孩子，妳有什麼不滿，要這樣一而再、再而三出現？」老爺語帶訓斥似地說。沒想到女子竟輕聲地這麼說：

「我是來道謝的。」

「這樣啊？原來如此。可是一看到妳出現，她就會很害怕，所以妳就別再來了！」老爺說。

說時遲那時快，女子竟當場消失，此後也沒有再現身。

譯註1　一種細條紋布。以兩條藍染紗搭配兩條白色紗線為一組，經緯交織而成。
譯註2　江戶時期已婚婦女最典型的髮型。
譯註3　一種木造的建築樣式，防火性佳。

無名指的彎曲

當年我雖然還是個孩子，但看他們這樣，心中也湧起一股不知該說是悲傷還是害怕的情緒。因此我不時就會跑到母親的枕邊，或是到隔壁房間那些交頭接耳的親戚身旁。

這是我最近認識的一位醫學士的故事。

我父親原本是小學老師，後來被招贅到這個家來，才當上了醫師。當年剛開始要求醫師要有執照時，內務省特例核發了一些執照，給行醫多年的家庭。於是我父親就在我祖父過世後，直接繼承衣缽，當上了醫師。

父親過世時我才七歲，所以對他的記憶很片斷，但還是隱約記得一些事：他總是一臉落寞，但並不是一個不討喜的人；他嘴邊留了一點茶褐色的鬍子；他非常疼我，只要他出門外宿，就會擔心我有沒有受傷，有沒有突然生病，甚至還因此而睡不著。還有，父親到我五、六歲時，都還叫我娃娃——在我家鄉的方言當中，「娃娃」是小嬰兒的意思——據說他還常因此成為我母親的笑柄。「看樣子，說不定這孩子到了十歲、二十歲，你都還會叫他娃娃。」當年母親常這麼說。

就因為父親是這樣的人，所以他對我母親表現得非常體貼。這份體貼有一部分或許是出於他的贅婿身分，不過追根究柢，大部分應該還是來自他那與生俱來的溫厚性格。據說他也因為這樣的個性，而顯得非常膽小。只要有身受重傷的病人上門，我父親就會比病人還驚恐，臉色慘白地為病人治療。

據說有一次，有個病人腰上腫了一大塊。正當我父親戰戰兢兢地切開患部時，病人竟對他說：

「醫師，我沒那麼痛，請您放膽地切吧！」

這是從我母親那裡聽來的故事。

父親死後，親戚們覺得我母親還年輕，又有家業要照顧，便建議她再招個贅婿，好接下醫師衣缽，但母親就是不肯。說穿了，後來醫術開業考試規則很快就正式上路，那張特例執照其實也不能再繼承下去。不過要是母親當時立刻招贅，至少還有一代可以享受這樣的恩惠。所幸當年我家還有點財產，不至於馬上陷入困頓，所以親戚們對再招贅的事，也就此作罷。

和父親比起來，我母親算是相當精明幹練，個性裡帶著些許不服輸的成分。她在我八歲那一年生了病，高燒不退。現在回想起來，那應該是傷寒之類的病吧。當時我們找了一位從南方遷徙而來的山田醫師看診，他說我母親的病很難痊癒，於是親戚們便輪流過來照顧她。但畢竟病人身染重病，所以大家都不敢在家裡大聲談笑。親戚們打照面時，表情儼然就像眼前有什麼又黑又沉重的東西似的。當年我雖然還是個孩子，但看他們這樣，心中也湧起一股不知該說是悲傷還是害怕的情緒。因此我不時就會跑到母親的枕邊，或是到隔壁房間那些交頭接耳的親戚身旁。

然而，有一天晚上，我記得那是個悶熱的夜晚。原本我母親枕邊隨時都會有親戚坐著看顧，但當天親戚卻都不在。我一坐下，玄關那邊就傳來木屐喀啦喀啦的聲響。不久之後，一位醫師提著小藥箱走了進來，我還以為是山田醫師來了。此時，醫師面向母親枕邊，也就是我的右前方坐下，把白皙的右手放在母親的額頭上輕撫，一邊看著我說：

「我昨晚也來過，沒碰到你。」

醫師用很和藹的聲音說。這個聲音和說話略顯含糊的山田醫師不同，於是我端詳了一下他的長相——這位醫師的輪廓並不深，但臉龐白淨，嘴邊留著一點鬍子。

「妳這是大病，我幫妳帶了上等的藥來，趕快吃吧。」醫師說完，母親小聲地回答：

「山田醫師的藥比較好，他的藥我就願意吃。」

我覺得母親辜負了人家的一番好意，於是便開口說：

「媽，既然醫師都這樣說了，您把藥吃了吧。」

然而，母親還是堅持：

「我已經在吃山田醫師開的藥，不會再吃其他人的藥。」

還把頭別了過去。我很討厭如此頑固的母親。

「媽，別說這些傻話了。」

我講完之後，醫師看著我說：

「那我把藥備妥留在這裡，再麻煩你餵她喝吧。把這些藥喝下去，很快就會康復了。」

醫師說完之後，把藥箱放在腿上打開，從裡面拿出了一些藥，再把藥包進紙片裡。行燈的光線朦朧地照在他的腿上。我好奇這位醫師會開什麼藥，便一直盯著他看。然而，我的目光突然被醫師的右手無名指吸引——他的右手無名指有點彎曲，手指的外觀和包藥的手勢，都和我那過世的父親如出一轍。看到那隻手指之後，曾幾何時，我開始覺得這位醫師就是我父親了。

「是爸爸特地送藥過來。」

我心中這麼想著。「往生者送藥來」這麼神奇的事，我竟不覺得驚恐，可見我真的是很想念父親。

不久之後，醫師已把藥備好，還包成一袋，放在母親枕邊的托盤上。

「我先告辭了，藥由你餵她吃就好。」

語畢，醫師靜靜地起身，走出拉門外去了。我滿腦子想著那份藥，於是便隨即到母親枕邊，打開藥袋。

「媽，您快起來。」

聽了這句話，母親不發一語，稍微張開了嘴巴。我連忙把藥送進她口中，再拿起茶杯倒了一些水。母親看了我一眼，說：

「怎麼了？」

「您吃了爸開的藥。」我回答。

當天清晨，母親的燒就退了；到了隔天傍晚，她已經可以吃粥；兩、三天後，病就痊癒了。我說出父親來過的事，大家都嘖嘖稱奇。其實那天晚上，隔壁房間有三個親戚在，但他們不僅沒聽見木屐聲，連有人來過都不知道。只有母親說她夢到父親出現在病榻前的夢。

紅點鮭怪談

眾人覺得原本穩靜的青藍潭水似乎突然動了起來，接著就看到一條白色的魚，露出藍色的背——一條約莫等同人類成人大小，令人毛骨悚然的紅點鮭，竟翻起了白色魚肚，無聲地浮上水面。

有個來自村裡的男人，從河邊撿了塊大小適中的石頭，在岩石的凹陷處，把剛剝下來的樹皮搗爛。他身旁還有五、六個夥伴，忙著把搗爛的皮粕搓成一團放進笳籬，或把散落的樹皮撿回來，放在男人手邊。

這裡是木曾御嶽綿延的山區，兩岸近逼的崖壁，夾著一條小小的溪谷。這邊坡度還算稍微和緩，也有幾條山路；彼岸的綠樹像女人的一頭亂髮，披掛在如筍般的岩石上。岩石層層疊疊，巍峨聳立，偶有豔紅的石楠花隨處盛開。抬頭可以望見溪谷上方狹窄一線的天空，懸著近午時分的溽暑豔陽，燦爛眩目；而谷底卻如深秋般寒涼。

他們為了來溪谷的深潭處放毒餌捕魚，一大早就從山下的村子來到這裡，刮下花椒樹皮，和白花八角、春蓼混在一起搗爛，製成毒餌。

「行了行了，這些量已經多到有剩了。」有個男人斜著倒了倒那個裝皮粕的笳籬，一邊這麼說。

可搗爛的材料也所剩無幾。

「那就先吃個飯，休息一下再開工吧？」

其中一人說了這句話之後，起身展開雙手，伸展腰桿。

這七位同村夥伴找了一塊平坦的岩石，圍成一圈坐下來，吃起了便當。他們把各自從家裡帶來的便當留著，先伸手從放在座位正中央那個五升[1]飯鍋裡，拿出糰子來大快朵頤。今天準備的，是燉煮過的黑色黍稷糰子。大家一邊吃，一邊聊著捕魚的話題。

「這裡有很大尾的櫻花鉤吻鮭喔！」其中一人剛開口說完，另一個人急忙把糰子吞下肚，一邊接話說：

「這裡的紅點鮭才多呢！」

七人當中有一個人拿了糰子，正準備放進嘴裡時，發現一位身穿白色袈裟的和尚，來到他們身旁站著。

「怎麼有個和尚？」

其他夥伴聽到他的聲音之後，才注意到有人，也都跟著望向和尚。背對和尚的人，還轉過身仰望這位大師。

和尚頭戴扁莎斗笠，拄著竹杖，身上穿的白衣，看來就像淡淡地染上了樹木的翠綠。

「你們來這裡做什麼？」和尚用親切而穩重的聲音說。

「我們來放毒餌啊！」最先發現和尚，而且是眾人中看來最年輕的精壯男子說。

「放毒餌……是為了抓魚而放毒餌嗎？」

「是啊！」

「那可是殺生啊！若是釣魚，上鈎的至少是那些被魚餌迷昏頭的魚，尚不致於造孽；放毒餌可是連那些無辜的魚都趕盡殺絕，這樣不太好吧？」

沒人開口回答，眾人面面相覷。

「放下屠刀，回頭是岸吧！魚的一條命，和你們的性命一樣寶貴。不論受害的是哪一種生物，凡剝奪生物性命者，都會遭到報應。勸各位回頭是岸，回頭是岸。我是出家人，不會說謊嚇唬你們的。」和尚又接著說。

「話是這樣說沒錯。嗯……」有個滿臉漲紅，額頭窄短的男人，雙手抱胸，撇著頭說。

「說的也是。那我們就收手吧？」精壯男子右手邊那位留著落腮鬍的男人說。

「我們先吃飯，再一邊考慮考慮吧！」坐在和尚眼前，轉身往後看的那個男人說。

「大師，糰子還很多，您也坐下來吃一點吧？」滿臉漲紅的男人說。

「是嗎？那我就恭敬不如從命，吃一個糰子吧。」和尚在一旁坐下，把竹杖放在身邊。

坐在和尚前面的那個男人往旁邊挪動身軀，讓和尚進到眾人圍成的圈子裡來。而坐在他右邊那位漲紅臉的男人，則是把飯鍋拿到和尚面前。

「我就吃這些。」和尚拿了三個糰子放在掌心，隨後便把其中一個塞進嘴裡咀嚼，再一股作氣嚥下肚。

精壯男子看到和尚這付吃相，不禁一陣莞爾，心想：「這和尚還真餓啊！」剩下的兩顆糰子，和尚也同樣放入口中咀嚼後，便一股作氣嚥下肚。

看到和尚開始用餐，眾人也繼續伸手拿糰子吃，還用和尚聽不見的音量，低聲討論著放毒餌的事究竟要暫停還是照做。

「還是算了吧，和尚都這麼說了。」精壯男人身旁那位缺了一顆門牙的大臉男人竊竊地說。

「才沒有那回事咧！和尚隨口說說的啦！」大臉的男人嘴角帶著輕蔑笑意，低聲回應精壯男子。

不久後糰子被眾人吃光，大家只好打開各自的便當，吃起了裝在木餐盒裡的粥飯。滿臉漲紅的男人在便當蓋上裝了一些煮得爛糊的糙米飯，又起身採了兩三片山白竹的葉子擺在飯上，端到和尚面前。

孰料和尚竟沒有拒絕，又吃起了這份餐點。精壯男子很好奇他會怎麼吃，便悄悄地瞄了他一眼——和尚先將一口飯放入口中，再往後仰扭動咽喉，光看都覺得很難吞嚥。然而，和尚真的就這麼一口接一口地把飯送進了嘴裡。男人覺得這和尚吃東西的方式很怪。

用餐完後，眾人走到溪谷邊喝水。當中甚至還有人像狗一樣，直接把嘴放進溪流裡。而和尚也跟著這群村民走到溪谷邊，仰躺在岩石邊緣，一隻手拉著斗笠帽緣，以免扁莎斗笠被水沾濕，接著又稍微把臉轉過去，讓嘴巴泡在溪水裡。

「喂，到底要怎麼辦啊？」臉漲紅的男人拿出麻布，一邊包裹著原本裝糰子那個飯鍋，一邊問道。

「哪有什麼怎麼辦，就動手啊！」留落腮鬍的男人說。

「可是大師都已經那樣說了欸？」臉漲紅的男人還在猶豫。

「天下有哪個和尚會叫人殺生啊？」大臉男人在一旁看著他說。

「話是這麼說沒錯啦。」臉漲紅的男人說。

和尚循著岩石爬了上來。大臉男人一邊留意和尚的動向，一邊對留落腮鬍的男人說。

「都準備到這種地步，已經無法收手了。」

和尚跟了上來，站在留落腮鬍的男人面前，說：

「你們還是打算放毒餌嗎？」

「我們接下來才要討論，看是要收手還是想其他辦法。不過我們從昨天就開始準備，今天早上也是第二陣雞啼[2]就起床來到這裡……」留落腮鬍的男人嘴上這麼說，心裡卻對和尚說的話很不屑。

「看來你是打算動手了。但殺生真的做不得呀！不管是魚還是人，都想要活命啊！」

「這件事不是我一個人說了就算數，如果大家商量過後說要收手，那我就照辦無妨。」

「求求您千萬別殺生。今天你取了一條性命，改天一定會有報應的。」

「我會再和大家商量。」

「那我該告辭了。」和尚逐一望過周圍每一個人的臉龐，答謝大家分享的齋食後，又再次強調「請各位千萬別殺生」。

和尚靜靜地朝山路方向往上走去。和尚眼裡的淡藍色光芒，還在眾人眼中搖曳著。

「那位大師究竟是從哪裡冒出來的？」精壯男子問。

「總之是個乞丐和尚，以為這座山上有村落才跑來的吧？」留落腮鬍的男人一臉嫌惡地說。

和尚的身影很快地隱沒在群樹的綠蔭之中。眾人湊在一起，開始商討今天究竟是要收手，還是依計行事。

「要是你們不肯，我自己一個人動手也無妨。」留落腮鬍的男人仍堅持己見。

幾位本來還在猶豫的成員，聽了他這番話之後，反而被推了一把，於是眾人決定還是依計行事。他們脫光了衣服，拿著裝皮粕的笳籬、裝魚用的竹簍，和撈魚用的網子，走進溪谷裡。眼前約莫一坪大小的地方，溪水顯得特別混濁，於是這群村民選擇把皮粕放進一處有小深潭的地方。

他們睜大眼睛，直盯著水面看。大概過了抽一根菸的時間後，五寸[3]大小的魚兒，紛紛翻起慘白魚肚浮上水面。這些都是櫻花鉤吻鮭。

「啊！這裡浮起了一條魚！」有人開口說。

手中拿著撈魚網的人，俐落地撈起了那條魚。這裡有十條左右的小溪哥，宛如冒泡似地浮上水面。接著又有兩條慘白的魚浮了上來——身體瘦長，魚肚偏黃，外觀看來是鰻魚。

「是鰻魚、鰻魚！」精壯男子開心地叫著。

捕撈到約莫十條櫻花鉤吻鮭和紅點鮭之後，一行人捨棄這一處深潭，往下游前進。剛才上游的毒水已有部分流到這裡，五、六條鰻魚翻起了魚肚，有氣無力地游著。村民又在此處撒下皮粕，七、八條櫻花鉤吻鮭和紅點鮭半死不活地浮上水面。

他們一行人不斷地往下游走，途中只要看到深潭，就停下來撒皮粕，再撈捕那些浮起來半死不活的魚。

到了太陽漸往西沉，山谷裡漸趨陰暗之際，這群村民發現了一處前所未見的大深潭。

「這裡一定有很多魚！」滿臉落腮鬍的男人說。他今天負責的工作，就是在水裡撒皮粕。

他們加倍撒了更多皮粕。不久之後，先是有兩、三條紅點鮭浮上來，接著是一條櫻花鉤吻鮭浮出水面。

「這片深潭這麼大，藥量不夠啦！」大臉男人說。

滿臉落腮鬍的男人又撒了一些皮粕。有人手中拿著樹枝，在水裡攪拌了一下之後，不一會兒就有約莫一尺[4]大小的紅點鮭浮上水面。

「哇！來了！來了！」眾人齊聲說道。

手拿撈魚網的人扶著岩石往前進，撈起了快要往下游流去的魚兒。這時又浮起了三、四條紅點鮭，拿著撈魚網的男人又準備動手撈魚。

這時四下突然轉為微暗，眾人頭上的樹葉也開始沙沙作響，大顆的雨水啪啦啪啦地落在水面上。眾人覺得原本穩靜的青藍潭水似乎突然動了起來，接著就看到一條白色的魚，露出藍色的背——一條約莫等同人類成人大小，令人毛骨悚然的紅點鮭，竟翻起了白色魚肚，無聲地浮上水面。

這時雨勢下得更猛烈，山谷也變得更暗。

的確有人說過這一帶的溪谷偶爾會有大型紅點鮭現蹤，但這條紅點鮭，從頭到尾可是有足足五尺長。村民一行人用藤蔓穿過大魚的鰓，出動兩個人把牠扛了回來。

當晚，有人提議要好好品嘗這條大紅點鮭，慰勞彼此一天的辛勞。於是他們借宿在其中一位夥伴家，準備好好料理這條魚。而負責操刀的，就是滿臉落腮鬍的男人。

「要是我們聽了那個和尚的話，收手不去捕魚，那今天就無緣拜見這樣的大魚了。」他蹲在地上，得意洋洋地說完之後，便拿起菜刀，剖開魚肚。

精壯男人點燃火把，光芒照亮了砧板。臉落腮鬍的男人拿刀往魚肚一剖，並伸手挖出魚肚裡的內臟。沒想到魚腹裡竟有東西滾了出來——三個黍稷糰子。它們像極了今天吃午餐時，分給那個詭異和尚的食物，而眾人也吃下了同樣的東西。臉落腮鬍的男人「嘔」了一聲，便往後一倒，失去了意識。

譯註1　一升約為一・八公升。
譯註2　日本古代認為第二陣雞啼是寅時。
譯註3　約十五公分。
譯註4　約三十公分。

蟾蜍之血

阿讓猶豫了一會兒，但隨即想起剛才是從左邊走進來，便轉向左邊走去。沒想到周圍突然暗了下來，他猜想這不是通往玄關的路，打算調頭往回走。豈料身後竟是冰冷的一堵牆，根本回不了頭。

I

三島讓離開了學長家。在這個滿天雨雲，似乎還有雨沒下完的夜晚，除了視線昏暗之外，吸滿雨水的地面濕滑，無法半跑半跳地加快腳步。再加上這裡算是山之手的邊緣地帶，所以才剛過十點，街道兩旁的住戶都已熄燈就寢，四下一片闃靜。也因為這樣，阿讓感覺路程似乎特別遙遠。要是有車可搭的話，他其實很想搭車到電車站，可惜傍晚過來時已確認過，附近連個可能有車可搭的地方都沒有，所以他又隨即打消了這個念頭。而在打消念頭的同時，剛才拿來和學長商量的話題女主角，竟悄悄湧上心頭。

「需要再查查女孩的身家背景。」學長的話言猶在耳。對法律系畢業的藤原來說，會認為「和來路不明的女孩同居，簡直是亂搞」是很有道理的。但過去如何真有那麼重要嗎？女孩出生於本地的沿海小鎮，行醫的父親在她三歲時過世，母親再婚的對象是漁業公司的老闆，她也就跟著在這個家長大。三年前母親過世後，家裡頓時失去了溫暖，於是到了去年，她決定離家出走——這些應該也都是真的吧？血統的事我不是很懂，但應該也沒什麼大不了的吧……。

阿讓不經意地想起學長那句「找個女人真的有那麼容易呀？」學長說完當下還笑了……仔細想想，學長會那樣說，是因為阿讓能和那個女孩在一起，還真是個偶然得近乎出奇的機緣。然而，從世人的常理來看，這件事根本司空見慣，絲毫不足為奇——在專心準備即將到來的高等文官考試之前，阿讓去海邊呼吸了五、六天的新鮮空氣。簡而言之，就是一個年輕男子到海邊玩，偶然結識了一個年輕女孩，當晚兩人就結下了不解之緣。這種每天在報紙上都會看到的單純事件，毫無奇妙之處可言。

阿讓幽幽地想起結識女孩那天的情景——澄黃的夕陽餘暉照在松原彼端，空氣有如春日般潮濕，讓人臉部、手指皮膚都變得有些濕黏，是個教人昏昏欲睡的日子。他在一片沿著松原而立的麻櫟樹林間，循著小路穿梭。這是阿讓來到這個海邊之後，每天早晚都會走過的路徑。麻櫟樹葉已褪去鮮綠，在有風的日子裡發出「沙沙」的聲響。

麻櫟樹前方有一片尚稱寬闊的耕地，田裡有染上金黃的稻穗，也有白蘿蔔和蔥的青翠。和麻櫟樹林平行流過此地的是里川，沿岸堤防邊偶有些許垂柳生長，五、六個人零星地在此垂釣。人數或許不盡相同，但這幅景象已成為阿讓每天欣賞的風情畫。在這些釣客當中，一定有一、兩個是來海邊遊玩渡假的。這些人拿了旅社的大水桶充當魚簍，仔細一瞧，會發現他們有時可以釣到一、兩條短小的鯽魚，或是四、五寸長的蝦虎魚。

阿讓走來的這條路，其實有一個地方被里川截斷。該處架了一座木板橋，上面還放了一些土。這座橋的右邊，也有個男人拿釣竿站著釣魚。男人的顴骨高凸，鼻子下方留著一撮像鞋刷似的鬍子，臀部上方繫著一條黑色棉紗的兵兒帶[1]。看他的舉止神態，似乎是個小學老師或員警。阿讓偷瞧了那個放在他腳邊的那個魚簍一眼，裡面有五、六條蝦虎魚。

「你釣到蝦虎魚了呀！」阿讓用這句話向他打招呼。

「今天的天氣很適合釣魚，應該還有機會再釣到一些才對，可惜沒上鉤。」

「釣魚果然還是要看天氣的啊，您說是吧？」

「陽光太亮，連水底都看得一清二楚的日子，其實不太適合釣魚。像今天這樣，稍微有些雲，才是最合適的。」

「原來如此。」

阿讓望了一下天空——天上有幾許薄雲飄過，宛如網子的網目。他看過天空之後，原本打算往河堤方向走，但此時他看了木板橋上一眼，發現有個年輕女孩站在橋的那一頭，眼睛朝這裡看。亮眼的紫色衣裳，上面有銘仙之類的華麗花樣，裹著她那嬌小的身軀，看來似乎是個女僕或學生。她那白皙偏長的臉上，有著一雙黑色的眼睛。阿讓只覺得她是個到附近別墅來度假的人，沒有太多好奇，因此很快就把女孩的事拋諸腦後，朝堤防上游的方向走去。

他往前走了兩町左右，左邊已不再是耕地，換成了松原的紅土台地。這裡也有一座用兩根原木並排而成的原木橋。阿讓沒過橋，而是往台地方向，踩著紅土小步小步地往上爬。

接著他看到這裡有棵古老的大黑松，浮根四處延伸，宛如地蛛伸長了腳。前一天和再前一天，阿讓都坐在這棵松樹的浮根下看雜誌，所以這天他也和前一天一樣，坐在熟悉的浮根上，往下游一望。和煦的陽光下，釣客們默默佇立，宛如畫中人物。這時阿讓稍微想起了剛才的那個女孩，便仔細找了一下，可惜已不見她的身影。

阿讓下意識地拿出懷中的雜誌來讀，愈讀愈覺得有意思，便把其他事全都拋諸腦後，心無旁騖地沉浸在閱讀的世界裡。他讀的都是一些論說文，下的都是像「堅持主張縮減軍備」、「由威脅生存權衍生的社會罪惡面面觀」「華盛頓會議與軍備限縮」之類的標題。某位以撰著為業的知名思想家，寫了一篇叫做〈從身心俱疲的現實生活，走向哲學與宗教的世界〉的評論。阿讓才讀到一半，便感到一陣鬱悶，彷彿頭被人按住似的。於是他先擱下雜誌，抬頭一看，才發現四下已是一片灰暗，或許是夕陽已西沉的緣故。阿讓心想旅館應該備妥了晚飯在等著他，打算把雜誌收入懷中，踏上歸途之際，突然看見右方不遠一處長滿草的地方，有個女孩坐在那裡，雙手抱膝，腳伸向前方低處，若有所思地低著頭。從她的服裝配色看來，就是剛才在木板橋畔看到的那個女孩。

阿讓覺得奇怪，剛才那個女孩為什麼到現在還待在這裡？是跟他一樣，一個人閒著無聊，所以才走到這裡來散心嗎？不過，看她垂頭沉思的模樣，說不定是有什麼苦衷。要是走近她身邊，或許會讓人家覺得可怕，但阿讓還是想關心一聲。於是他站起身走了幾步，卻覺得悄悄走近好像心懷不軌、別有所圖似的。阿讓有點過意不去，便先輕咳了一、兩聲，虛張聲勢地走過去。

女孩注意到了咳嗽聲和腳步聲，抬頭望向阿讓——果然沒錯，就是剛才的那個女孩。她並沒有顯露出驚慌的樣子，但隨即又把頭別了過去。阿讓雖被茱萸絆到了衣袖，但還是連忙走近女孩身邊。女孩又把頭轉過來，露出姣好的臉龐。

「您要到哪裡去？」

「我剛才才來到這裡。」

女孩語帶寂寞地說。

「您還不回下榻處休息嗎？」

「嗯，我有點事。」

阿讓突然想到，她說不定是在等人。

「時候也不早了，您又是自己一個人在這裡，所以我才會開口關心一下。」

「謝謝關心。您住在附近的旅館嗎？」

「我從五、六天前起就來到這裡，住在那邊一家名叫『雞鳴館』的旅館。如果您找不到其他可以下榻的旅館，就到這家來吧！我姓三島。」

「謝謝您。說不定會去找您幫忙，您說您姓三島是嗎？」

「是的，我叫三島讓。那我就先告辭了，您有需要的話就儘管過來。」

阿讓和女孩道別之後，往前走了幾步，但纖弱女子的態度令他掛心，猜想「她該不會是報紙上常看到的那種預謀自殺者吧？」於是他停下腳步，從松樹林立的暗處，偷偷地窺探女孩的動靜。

女孩用雙手摀著臉，看樣子應該是在哭。阿讓就這麼一直望著那個女孩，連晚飯的事都忘得一乾二淨……

阿讓猛然發現自己已來到了這條路的轉彎處。正當他打算左轉時，看見那裡有一戶人家的門口，在出口處種了一棵櫸樹，樹後方的木圍牆裡，柱子上的門燈亮著。這盞燈罩著一個圓型的燈罩，燈罩外還裹著一層鐵絲網。難怪柱子旁那兩、三棵看似空心苦竹的竹子，小小葉片一動也不動地站著。阿讓不經意地看到燈罩內側有個小黑點——原來是壁虎。這隻壁虎不知道是不是發現了獵物，脖子伸得好長，看起來像拉長了五寸之多。阿讓很好奇，停下了腳步。這時燈罩竟像地球儀般，一圈又一圈地旋轉了起來。阿讓覺得自己看了不該看的東西，便小跑步往左前進，忘了路上濕滑難走的事。

II

阿讓一邊走，腦袋裡還為了剛才的怪事煩心。走著走著，心情也慢慢沉澱了下來。他心想當今世上根本不可能有那種怪事，一定是自己的精神狀況不佳，才會看到那樣的情景。不過，如果說那是因為精神狀況不佳的關係，那自己今晚或許真的是不太對勁，說不定是發狂的前兆。想到這裡，阿讓不禁憂鬱了起來。

在這樣的鬱悶之中，他甚至開始覺得自己根本不可能有任何偶然邂逅女孩的機會，一定是在詭異精神狀況下所出現的幻覺。

不知不覺間，阿讓走進了一條較為寬闊、明亮的路，心情也跟著輕鬆了起來。他想起有個女孩正殷殷地期盼著他回家。女孩像隻小鳥，個性有點不拘小節。

阿讓腦中浮現「女孩單手撐著頭靠在桌邊，側耳傾聽玄關是否傳來玻璃門拉開的聲響，一邊等著他歸來」的景象。同時間，他也想起了今晚找學長商量的那件事——阿讓找個分租屋的二樓租下，和女孩同居。

「你將來早晚都要討老婆，要是有喜歡的女孩，乾脆結婚其實也無妨，但這件事未免太電光石火了吧？」

學長說完之後笑了笑，話中透露著善意。

對於那些專業討好異性的女人，學長倒也不是沒接觸過，但和一般百姓家的處女發生關係這種事，他還真的沒經驗。他覺得即便女孩的情況再怎麼特殊，這麼輕而易舉地就能贏得女孩芳心，簡直像是在讀童話故事。

「我也覺得很神奇，的確有一種在讀童話故事的感覺。」阿讓也想起了自己說的這句話。他也認為藤原說的話很有道理。

……女孩在闃黑的森林裡，搖搖晃晃地邁開了步伐，不久後便經過阿讓身邊，往海邊走去，但還抽抽噎噎地哭著。阿讓心想女孩一定是打算自盡，便決定救人，可是也不能嚇到那個女孩，於是他等女孩走遠兩、三間的距離之後，才跨步向前走。

「喂，喂……」

女孩稍微回頭，露出白皙的臉龐，但隨即又快步向前走。

「我是剛才那個男的，不是什麼可疑人物。您看起來好像有什麼心事，所以我才想上前來關心，等等我呀！」

女還又稍微回頭露出白皙臉龐，但腳步並沒有停。

「喂……請等一等！看來您真的是很心煩啊。」

他總算走近到女孩身邊，把手放在她的腰帶上。

「我是剛才和您見過面的那個男人，名叫三島。您看來好像心事重重。」

女孩很乾脆地停下了腳步，但同時又雙手掩面哭了起來。

「看來您好像有什麼難言之隱。凡事好商量，您就儘管說吧！」

女孩只是不停地哭泣。

「在這裡談話不方便，不如到我下榻的地方去吧？我們回旅館慢慢說。」

他總算牽到了女孩的手……

走著走著，阿讓又轉進了一條狹窄幽暗的路。他一心只想著趕快回到二樓的那個住處，讓引頸盼望自己回家的那個女孩放心，便在這條腳尖必須向下才能往前走的斜坡上，三步併兩步地快走。他彷彿已經看見那個純潔文靜女孩的模樣，出現在他面前。

……「除非一死，否則這世上已無我的棲身之處。」

離家出走到東京之後，女孩在一、兩戶人家當過女傭，後來認識了一位在私立學校當老師的女孩。最近在這位老師的介紹下，女孩到了某位富豪家打雜。沒想到富豪找人來打雜其實別有用心，女孩上工的第二天，富豪就露出了真面目。於是她當天晚上就逃了出來，漫無目的地來到了海邊——那天女孩邊哭邊這麼說道。如今阿讓的耳邊，彷彿又響起了她的啜泣聲。

阿讓看了走在他右邊的那個人一眼。這條路的右側是一片崖壁，僅有一盞門燈亮著。走在右邊那個人回頭說：

「不好意思，請問搭電車是往這裡走嗎？」

那是個年輕女孩的聲音。阿讓覺得自己彷彿看到了她的一雙朱唇。他稍微停下腳步，說：

「是的。沿著這條路一直走到底，再左轉走一小段，就會看到一個可以右轉的地方，轉進去之後再一路直走，就是電車的終點站。我也是要去搭電車的。」

「非常謝謝您。其實我親戚就住在附近，但這條路我沒走過，總覺得好像不太對……能不能拜託您，讓我和您結個伴一起走？」

阿讓其實很不願意和這個走不快的女孩結伴同行，但要拒絕又開不了口。

「過來一起走吧！」

「真不好意思。」

阿讓邁開了步伐，但已不能像剛才那樣快馬加鞭地趕路。他無奈地放慢步調往前走。

「路況還真是不好呀。」

女人緊跟在阿讓身後走著，一邊用很有教養的口吻說。

「是呀，路況真的很差。您是從哪裡來的？」

「我本來是搭山手線的電車來到這一帶，後來聽說市區電車的車站比較近，所以就改走到這裡來了。我有時候會搭市區電車來找親戚，但這條路倒是第一次走。」

「原來如此。不過話說回來，住在山手邊陲的人，還真的是很早睡呢。」

阿讓說完之後，又不經意地想起那盞電燈的燈罩。他暗忖要是碰上那件事的是眼前這個女孩，那該怎麼辦才好。

「路上還真的是很冷清呢。」

「是啊，連我們男人都不太想走這種夜路，想必您更是覺得受不了吧。」

「嗯，是啊。我一直在想自己一個人該怎麼辦才好。雖然對方極力挽留我住下，但畢竟人家家裡要忙著照顧病人。況且我覺得如果要過夜，還是到親戚家住比較好，所以硬是辭謝了人家的挽留。剛走出來的時候，還覺得附近很多民宅有人醒著；可是來到這一帶，突然覺得整個世界都變了。」

走過了又窄又暗的斜坡路之後，眼前這一區雖然幅員不廣，但左右兩邊有不少門燈。阿讓往左轉之後，稍微回頭看了一下女孩——女孩的臉很小，妝化得很漂亮。

「就是這條路，這邊就亮多了吧？」

「謝謝您，多虧有您幫忙。」

「接下來這段路就不會那麼暗了。」
「嗯，接下來這段路我也很熟。」
「是嗎？路況雖然不好，但亮的地方還是看得比較清楚。」
「您接下來要往哪個方向？」
「我嗎？我要回本鄉。妳呢？」
「我要去柏木。」
「那還有好一段路要走呢！」
「嗯，所以我還在考慮要住親戚家，還是再做其他打算。」
阿讓心想這個女孩應該不是出身自教養嚴謹的家庭。女孩那彷彿帶著幽香的氣息近在咫尺，他雖感到一絲誘惑，但另一個女孩在家裡手肘撐著桌子托腮，盼著他回來的模樣，立刻打亂了這股誘惑。
「說的也是。時間這麼晚了，您還是在親戚家留宿一晚比較好，我送您過去吧！」
「這樣實在是太不好意思了。」

「別客氣，我送您一程吧。」
「那就麻煩您了。」
「您知道那一戶嗎？」
女孩走在阿讓的左邊，和他並肩前進。
「我知道。」
右轉的轉角處有一家酒吧，從入口處的屏風側邊可以看到一件淺黃衣服的主體部分，但店裡卻是鴉雀無聲，一片闃靜。
「是往這邊走嗎？」
阿讓指向轉彎處。
「在下一條巷子轉彎之後，再往前一點就到了。不好意思。」
「有什麼好客氣的，我們走吧！」
街上突然轉暗，感覺就像是有好幾個人一直監視著我們，又刻意關掉門燈似的。
「這附近有點暗呢。」

女孩的聲音變得像蒙上了一層霧似的。

「是啊。」

女孩再也沒說話。

III

「就是這裡了。」

阿讓覺得自己像是被塞進一個很悶熱的物體底部似的，聽到女孩的聲音才回過神來，停下腳步——眼前是個復古風的宅邸大門，亮著一盞如墨水暈開似的門燈。

「到了嗎？那我就先告辭了。」

阿讓開始掛心在租屋處等他的那個女孩，打算趕緊和眼前的女孩分道揚鑣。

「不好意思，能不能麻煩您再走一小段，陪我到裡面去？」

女孩露出了笑臉。

「裡面嗎？好啊，那我們走吧。」

左邊有個小門，女孩走過去把手放在門上一推，門就靜悄悄地開了。女孩打開門之後回頭一望，等著阿讓跟上來。

阿讓走到門邊，女孩把身體往旁邊靠，幫忙擋著門，阿讓輕碰著女孩的身軀進屋，女孩也跟著走了進來。門則是在女孩進屋後，又悄悄地關上。

「打擾了。」

淡淡月光照進屋內，阿讓頓時像甦醒過來似的四處張望——院子裡綠油油的草皮，宛如鋪上了天鵝絨地毯；看似玄關入口處的拉門旁，有個亮著燈的地方，那裡種著一棵樹，垂掛著滿樹看似凌霄花的金茶色花朵。阿讓覺得有一股甜膩刺鼻的味道飄進鼻腔，不知道是不是這些花的香氣。

「這裡是我姊姊家，請別客氣。」

阿讓心想這下子要是被請進屋裡，那可就麻煩了，於是便說：

「我待在這裡，您請進屋，等您平安進去之後我就馬上告辭。」

「和我姊姊打聲招呼嘛！不會占用太多時間的。」

「我還有事。」

「稍微停留一下應該無傷大雅吧？」

女孩說完後便走向玄關，再繞過那棵垂掛著花朵的樹走向彼端。阿讓呆立在原地不知如何是好。

耳邊傳來女孩對屋裡說話的聲音。聽著這一串聲響，眼前這片入秋後仍綠油油的院子，撫慰了阿讓的心。

耳邊又傳來女人嬌滴滴的聲音。阿讓猜想這應該就是女孩口中的姊姊，便抬頭一看——不遠處有個看似內玄關的地方，有一扇格柵門敞開著，裡面透出銀色的燈光。除了剛才那個女孩站在格柵門旁之外，還有個高䠷的女人在進屋處背光而立。

阿讓心想：「剛才玄關看起來明明很遠，難道是眼睛的問題？」他又想起燈罩一圈又一圈旋轉的事，覺得今晚一定有什麼不對勁，一邊望向繁花垂掛的那棵樹。孰料那些花朵竟像是旋轉機器般，一圈又一圈地轉了起來。

「姊姊都已經開口說了，請您務必進屋坐一下。」

女孩走回來站在阿讓面前。阿讓覺得自己當下看到女孩時的感受，就像是塞住的喉頭好不容易恢復暢通似的。然而他的腦袋已經一片空白，沒有餘力多想，於是便像是被吸了過去，逕自走向亮燈處。樹上開滿了整片金茶色的花，兀自靜立。

「來來來，快請進。舍妹給您添麻煩了。來來來，這邊請。」

不知不覺間，阿讓已經來到了玄關前。一位身材高䠷，紮成馬尾的髮絲又黑又多，臉龐如蠟像般細緻的絕世美女，倚著拉門把手佇立在此。

「感謝您的邀約，但我今晚真的有點趕時間，得先告辭了。」

「哎呀，別這麼說，請進來小坐片刻，讓我們幫您泡杯茶就好。」

「謝謝您的好意，但我真的有點趕時間。」

「是不是有人在等您？稍微小坐一下就好。」

女人眼中泛起了淚光。

「請您進來稍微小坐一下嘛！我們都不是見外的人。」

站在阿讓身後的女孩說。

「這樣啊？那我就叨擾一下子好了。」

阿讓無可奈何，把原本用左手拿的帽子換到右手，擺出準備進門的姿態。

「來來來，快請進。」

女人離開了拉門，往遠處走去。阿讓走進脫鞋處，接著再登堂入室。拉門旁站著一個年約十七、八歲，梳著島田髷髮型的打雜女傭，準備過來接下阿讓的帽子。阿讓下意識地把帽子交給她，還跟在她身後，茫茫然地往前走。

IV

客廳裡有一張罩著印度花布的桌子，還擺著五、六張塗成朱紅色的中國風大椅。剛才先進屋的那個女人身穿華麗細絲皺綢外衣，背對著阿讓，手放在其中一張椅子上。

「您請坐。」

阿讓走到椅子旁。女人也拉了椅子，在阿讓的斜對面坐下。阿讓見狀，也只好跟著把椅子略往左轉才落座。

「幸會，我叫三島讓。」

阿讓才一開口，女人就舉手打斷他的話。

「您也真是的，我們彼此都別再做這些客套的事吧！我就是這麼一個單身的老太婆，如果您不嫌棄的話，請把我當您的朋友。」

「我才是，以後要請您多關照。」

剛才接下阿讓帽子的女傭拿著半月形托盤，上面放著兩個杯子，和一個上有開口和提把，看似竹筒的壺走來。

「拿過來。」

在女人的指揮下，女傭把托盤放到兩人之間的那張桌子上之後，便打算退下。

「小姐怎麼了？」

女傭轉身答話：

「小姐說她身體不太舒服，稍後馬上過來。」

「跟她說要是身體不舒服的話，我來招待客人就好，她好了再過來。」

女傭鞠躬之後，又開門走了出去。

「我準備了一點小東西來代替茶水。」

女人把手伸向壺上的提把。

「請別客氣，我真的馬上就要告辭了。」

「哎呀，有什麼好客氣的。我們都不是見外的人，您就多坐一會兒吧。只要您願意，我這個老太婆到幾點都奉陪。」

女人把壺中的液體倒進兩個杯子裡，再把其中一個拿到阿讓面前——杯中的液體呈現出有如牛奶般的顏色。

「來來來，快請用，我也陪您喝一點。」

阿讓打算趕快喝一杯，應酬一下就打道回府。

「那就只喝一杯。」

阿讓拿起杯子喝了一口。杯中的飲料喝起來有甜味，略帶一點苦艾酒的味道。

「我也陪您喝一點，您儘管喝。」

女人也拿起了杯子，淺嘗了一點。

「感謝您盛情招待，我今天真的有點急事，請容我喝完這杯就先告辭。」
「別這麼說嘛！都這麼晚了，還能有什麼急事呢？偶爾晚點回去，讓她心急一下也好呀。」
女人拿著杯子，抬著下巴笑了。阿讓也無可奈何地笑了笑。
「來來來，再多喝一點吧。」
阿讓把杯中剩下的酒一飲而盡，放下杯子之後，便起身離座，說：
「感謝您的盛情招待，我是真的有急事，先告辭了。」
女人像是把杯子丟到桌上似地用力放下，起身把雙手輕輕按在阿讓的肩上。
「哎呀，舍妹也會過來問候，您就再多待一會兒嘛！」
阿讓的身體感受到一股香氣濃烈而溫暖，但令人屏息的壓迫，全身動彈不得。女人身上塗抹的香料，將男人的魂魄帶往了飄渺的世界。
「是誰啊？現在沒什麼事，到那邊去吧。」
聽到女人的聲音，阿讓才回過神來。阿讓的腦海中，又閃現了那個在盼著他回家的女孩。阿讓站了起來，女人則是回到了原本的座位坐下。

「哎呀呀，您可別討厭我這個老太婆呀！」

女人露出嬌豔的笑容。阿讓心想：「現在不一股作氣走出去，又有好一段時間走不了了。」

「那我先告辭了。」

阿讓往有門的那個方向飛奔過去，匆匆開門走了出去。

走廊上有個梳著丸髻髮型的中年女人，一把抱住阿讓，擋住了他的去路。

「妳是誰？請妳放開我，我在趕時間！」

阿讓想甩開中年女人，卻一直甩不掉。

「哎呀，請您留步，我有話想跟您說。」

阿讓無計可施，只能站在原地。他心想莫非那個女孩也會跟著出現，小心提防了一下，但似乎沒有這個跡象。

「有點事想和您談談，請您到這裡來一下好嗎？耽誤一下就好。」

中年女人鬆開了手，但並沒有退下。

「什麼事？我時間很趕，本來打算不顧這位太太攔阻，就直接逃回家。有什麼請妳快說，究竟是什麼事？」

「在這裡不便透露，請您移駕到另一個房間。耽誤一下就好。」

阿讓心想，與其再繼續相持不下，不如就給她一點時間，聽聽她有什麼話要說。

「如果就只耽誤一下的話，倒還可以聽聽。」

「真的只要耽誤一下就好，請您到這裡來。」

中年女人邁開步伐往前走，阿讓便跟在她身後走去。接著她打開了隔壁房間的門，走了進去。

這個房間裡，除了靠著眼前牆壁擺放的一張椅子之外，還有五、六張形狀各異的椅子，遠處則掛著一塊藍色的布幔。看來這是一間寢室。

「來來來，這裡請坐。」

中年女人指著門口附近的一張椅子說。阿讓匆匆地坐下。

「什麼事？」

中年女人走到椅子前站定之後，竟笑了起來。

「別那麼兇嘛！」

「到底有什麼事？」

「哎呀，說話別這麼衝嘛！您應該已經明白我家夫人的心意了吧？」

「什麼心意？我不太明白。」

「別把話說得這麼絕嘛！夫人一個人很寂寞，今晚就請您陪陪她吧。您也看到了，她的錢多到令人咋舌，到時候看您想做什麼都可以。」

「不行，我現在另有想做的事。」

「只要您想做，看是放洋或什麼都行喔。您就照我說的話做吧！」

「那可不行。」

「您還真是個無欲無求的人呢！」

「我再怎麼樣都不能做這種事。」

「夫人論姿色有姿色，這樣的美人可是世上難尋呀！這樣不是很好嗎？您就照我說的話做吧！」

「這件事恕難從命。」

中年女人伸手抓著阿讓的一隻手。

「哎唷，您別這麼說嘛！聽我一聲勸，我們到那邊去吧。這件事對您是百利而無一害啊！」

阿讓寸步不移。

「不行，我不喜歡這樣。」

「這有什麼不好？不聽老人言，吃虧在眼前啊！」

阿讓開始覺得不耐煩了。

「就是不行。」

他掙脫了抓住他的那隻手，像是在斥責中年女人似的。

「你還真是無情啊。」

房門突然打開，有個矮小的老太太小碎步走進房裡。她的頭髮全白，雙眼如魚般黯淡無光。

「你這是怎麼啦？」

「我不要！不管妳怎麼說我都不會答應！」

「哎呀，還真是個愛找麻煩的傢伙。」

「有隻野狐狸精纏著他，難怪他不肯就範。」

中年女人語帶嘲諷地說，而阿讓卻充耳不聞——他撞開了中年女子，直衝門外。房裡傳來老太太淒厲的笑聲。

V

阿讓打算逃往玄關方向那個鋪著榻榻米、拉門緊閉的和室房間，於是他沿著走廊往左快步地走。這條走廊上流瀉著如間接照明似的昏暗燈光，而在這昏黃的燈光下，有著令人毛骨悚然、張牙舞爪的幢幢黑影。

阿讓懷著無盡的不安往前走。走廊盡頭碰房間的牆之後，又分成左右兩條路。阿讓猶豫了一會兒，但隨即想起剛才是從左邊走進來，便轉向左邊走去。沒想到周圍突然暗了下來，他猜想這不是通往玄關的路，打算調頭往回走。豈料身後竟是冰冷的一堵牆，根本回不了頭。阿讓大感驚恐，停下了腳步。

他搞不清楚哪裡才是來時路，但看到一處像從採光窗透進來的黃色燈光。光影不大，長約莫一尺四、五寸，寬七、八寸。阿讓別無他法，只好朝著窗的方向走去。

這扇窗大約和阿讓的頸部同高。阿讓把臉緊貼在玻璃窗上，窺看窗子彼端——一幕詭異的光景，映入了阿讓的眼簾。在一處看似黃色土間[2]的地方，有個貌似大學生的少年被困在椅子上，身上用藍繩綑了一圈又一圈。而站在他身邊的，是夫人的妹妹，也就是和阿讓結伴走到這裡來的那個年輕女孩，還有剛才在一旁打雜的女傭。這兩個女孩似乎在輪流教訓那位少年，但少年卻緊閉雙眼，全身癱軟。

阿讓看得目不轉睛，直盯著這一幕。這時耳邊傳來了女傭的聲音：

「你這個人未免也太嘴硬了吧？為什麼就是不肯說好呢？你再怎麼頑強抵抗也沒用，給我趕快點頭說好！你再怎麼說不要都沒用。趁著還沒嘗到皮肉之苦、活受罪之前，趕快點頭說好，讓夫人好好寵愛你一下，不是很好嗎？快給我說好！」

阿讓仔細看了看少年的臉，發現他已全身癱軟，嘴唇一動也不動，甚至連眼睛都沒張開。這時阿讓又聽到那個妹妹的聲音：

「你以為頑強抵抗就會放你回去嗎？你太天真啦！只要被我家姊姊看上，再怎麼樣都不會放你離開這棟房子。你真是太傻了，我們這麼苦口婆心地勸你，你還這麼冥頑不靈。」

「你覺得頑強抵抗就能回去，實在是太可笑了。你真傻，是想被我們蹂躪之後，變成飼料嗎？」

女傭露出令人不寒而慄的笑容，看了看妹妹的臉。

「我們倒是無所謂，但這個人還真是可悲啊！為什麼要這樣頑強抵抗呢？妳再勸他一次看看，如果他還是抵死不從，就去找姥姥來，請姥姥讓他把藥喝下去。」

接著阿讓又聽見女傭對少年說話的聲音。

「我說你啊，我們想說的話，你應該都很明白了吧？只要被夫人看上，不管你再怎麼頑強抵抗，都是走不出這個家門的。與其如此，你還不如乖乖聽夫人的話。好好聽她的話，你就可以在這偌大的宅邸裡，過著像皇帝般的生活呀！你可以什麼都不做，多好啊？我不會害你的，快點頭說好吧！可以嗎？快給我點頭說好呀！」

少年依舊沒有回話，表情一動也不動。

「不行啦！去叫姥姥過來，這樣根本不是辦法。」

妹妹一聲令下，女傭便走出了房間。

妹妹目送女傭離開，直到女傭的身影從視線範圍消失，才繞到少年身後，雙手輕放在他的肩上，似乎是低聲地對他說了些什麼，但阿讓完全聽不到。

女孩把自己白皙的臉龐湊到少年的左臉頰上，接著還用自己的朱唇吻上他的臉。少年的眼睛一直沒張開過，宛如死人。

這時，有兩個人走了過來——是剛才的女傭和魚眼老太太。把嘴唇湊到少年臉上的妹妹見狀，迅速地遠離少年身旁，站回了原來的位置。

「看來又要大費周章了。看不出來他這麼嘴硬。」

老太太用右手拎著一隻活蟾蜍的雙腳。蟾蜍身上長滿了疣凸。

「真的很嘴硬吶。」

妹妹看著老太太說。

「如果決定餵他吃這種藥，就不用這麼麻煩了。要怎麼做，就選一個方法吧？」

老太太的左右兩手，各抓住蟾蜍的一隻腳之後，女傭便走到她的面前，手裡還拿著一個杯子。接著女傭把杯子放到老太太抓的那隻蟾蜍下方。

老太太發出一聲低吼，把蟾蜍腿往左右一拉，蟾蜍尾巴立刻列成兩半，血沿著傷口滴進了杯子裡。淺紅的液體，就這麼血淋淋地累積在杯底。

「姥姥，這樣夠了吧？這些量和平常差不多了。」

負責拿杯子的女傭，把這杯血拿遠之後說道。老太太也從上方仔細看了看杯內。

「我看我看。嗯，說的也是，這樣應該就夠了吧。」

老太太把蟾蜍丟到腳邊，接下了杯子。

「如果喝了這帖藥還是不行，那就沒辦法了。大家把他蹂躪一下，再做成飼料吧！呵、呵、呵。」

老太太露出缺牙的牙齦笑了笑，然後走到少年身邊，單手指尖塞進他嘴裡，輕鬆地稍微扒開他的嘴，把杯中的血倒了進去。接著，少年竟深深地吐了一大口氣。

阿讓被這些詭異的無盡恐懼嚇破了膽，心想一定要設法逃出去，便離開了窗邊，在黑暗中往反方向走去，而那裡依舊矗立著一堵冰冷的牆。他心想：「既然這棟屋子裡都沒設窗戶，屋裡到處都是相連的走廊，應該不至於沒有窗戶才對。」他摸著牆往左走，沒想到前方有一處看似洞穴，沒有牆壁的地方。阿讓認為這就是剛才進來時所走的路，便從這裡鑽了出去。

眼前灑落幾許朦朧的淡淡白光，前方看出去就是偌大的院子——阿讓一陣欣喜，心想這就算不是玄關，只要能到室外，就不至於回不了家。前方有兩、三階通往院子的向下台階，阿讓一股作氣地踏了上去。

有個中年女子從左方走來。她單手提著一個大水桶，看起來歲數和那個在走廊一把摟住阿讓的女人差不多。阿讓心想不能被發現，便悄悄往後退回出口，站在一根柱子後面。

胖女人正好來到阿讓前面，放下了水桶，朝院子吹起了類似召喚狗兒的口哨。院子裡有一片宛如天鵝絨般的翠綠草坪。胖女人的口哨聲一停，整片草坪就動了起來。阿讓這才看見，草坪裡藏著成千上萬的小蛇，顏色有藍有黑。牠們扭著身子，爬到了女人的面前。

女人見狀，便把手伸進水桶裡，抓出裡面的東西往前扔。阿讓看不出那是什麼肉，總之是活生生、血淋淋的肉片。這些蛇長長的身軀彼此交纏、蠕動，就像毛線糾纏在一起似的。

阿讓覺得一陣暈眩，轉身逃往屋內。沒想到他又被一雙柔軟的手摟個滿懷。

「你知不知道我找你找得好辛苦呀！你跑到那哪裡去了？」

阿讓全身發抖地看著對方——摟住他的，就是那個中年女人。

VI

「你呀，真是個愛鬧脾氣的孩子。這樣頑皮耍賴，我可是會很傷腦筋的。快到這裡來吧！」

中年女人握緊阿讓的雙手往前拉。阿讓無論如何，就是想趕快逃回家。

「讓我回去！我有重要的事要辦，不能待在這裡。讓我回去！」

阿讓想甩開女人的手，但就是甩不掉。

「別再說那種辦不到的事了。你那件重要的事，不就是有個女人在租屋處等你回去而已嗎？」

「不是的。」

「認了吧！我清楚得很。你根本不知道我家夫人比你的那個女人強多少倍。你還真的是個無欲無求的人呢。這邊請吧！就算你再怎麼逃，這次我絕對不會再放過你了。這邊請吧！」

女人使勁拉著阿讓的手，他的身體簡直就要被拉散了。

「請你放開我！」

「不行喔！你怎麼能說這麼沒有男子氣概的話呢？」

阿讓被拉進了一個房間裡——是最初那個掛著藍色布幔的房間。

「你都不知道夫人等你等多久了。這邊請吧！」

中年女人鬆開了一隻手去捲布幔，還硬是把阿讓的身體拉進布幔裡。

房間裡的正中央有一張床，那位美豔的婦人坐在床邊，雙眼直盯著剛進門的阿讓看。這個房間裡，有三個面都擺著不知算屏風還是算隔板的東西，上面畫著色彩濃豔又詭異的圖。

「總算抓到你了。你真是個愛鬧脾氣的孩子。」

中年女人把阿讓拉到了婦人身旁，硬是押著他來到婦人對面的床邊，想逼他坐下。

「請妳放開我！我不行，我還有事，我不願意！」

阿讓想甩開中年女人的控制，卻怎麼也甩不開。

「不行喔！再怎麼樣我都不會放開你的。你別再說那些傻話了，乖乖聽話嘛！你還真是個小傻瓜。」

婦人的眼睛緊盯著阿讓的臉不放。

「老實點，別再亂鬧脾氣，好好陪陪我們夫人喔。」

中年女人強押著阿讓在床邊坐了下來。

阿讓無可奈何地坐下，可是再怎麼想逃都逃不掉。他想設法讓對方鬆懈，再趁機逃走，但腦中一片混亂，怎麼也冷靜不下來。

「您不必那麼急嘛！在這裡多待久一點不是很好嗎？」

中年女人鬆開阿讓的手之後，婦人便把自己的手輕輕地放了上去，想把阿讓稍微拉過來一點。

「不好意思。」

阿讓揮開她的手站了起來，穿過中年女人身旁逃跑。

「這個蠢蛋，還想做什麼！」

中年女人的聲音響起之際，阿讓被從身後逮住。他拚命地掙扎，想設法逃脫，但就是甩不開這雙手。

「夫人，您說該怎麼處置呢？這個愚蠢的傢伙，還真是拿他沒辦法呢！」

中年女人話才說完，就聽見婦人的回應。

「把他抓到這裡綁起來。他被野狐狸精纏住了，才會這麼難應付。」

妹妹和年輕女傭加入戰局。女傭手上拿著一條很長的藍色繩子，和綁住少年的那條繩子很像。

「要把他綁起來嗎？」

「要把他綁到夫人的房間去呀！」

中年女人一邊說著，一邊把用蠻力把阿讓往後猛拉，阿讓就這樣被往後拖行，腳步踉蹌。

「把這個蠢蛋給我五花大綁，丟到床上去。我有個東西想讓他瞧瞧，看完之後，我再來好好蹂躪他一番。」

婦人站在房間裡。這時阿讓正被藍色繩子五花大綁，一圈一圈地纏著他的身體。

「我來負責把他放到床上去。不過呢，等一下夫人蹂躪過後，就要換我來教訓他。」

中年女人呵呵地笑著，一邊輕鬆地把阿讓抱起，放到床上去。阿讓拚命擺動身體掙扎，卻還是徒勞無功。

「把那個野狐狸精帶出來，我要先教訓她。」

婦人一邊說著，一邊坐回床緣。阿讓眼前瞬間一片黑暗，什麼都看不見。他被擺成了仰臥狀態。

女人們的吱喳笑語在他耳邊傳響。阿讓覺得自己的身體承受著一股詭異的壓迫。接著不知道過了一小時還是兩小時，總之過了一段異樣的時間之後，他的頭被扭向了某一個方向。

「你這個傻瓜，給我仔細看清楚，我就讓你看看你喜歡的那隻野狐狸精。」

這是婦人的聲音。阿讓睜大了眼睛，看見中年女人站在眼前，手抓著一個年輕女孩的脖子——是留在租屋處等他的那個女孩。阿讓馬上想跳起來，可是身體卻動彈不得。他激動地扭著身軀。

「就讓你看著我好好教訓這隻野狐狸精。最壞的就是她。」

聽了婦人這番話，中年女人更用力掐緊了年輕女孩的脖子。沒想到，女孩竟轉眼間就變成了一隻紅褐色的野獸。

「這麼漂亮的女孩要死了，你都不傷心嗎？」

阿讓眼前蒙上了一層永遠的黑暗。女人們的笑聲，在他耳邊傳響了好一陣子。令人毛骨悚然的暖熱舌頭，從阿讓的嘴邊一路舔到了臉頰。

高等文官考生三島讓，幾天前自稱要到海邊旅行，離開了租屋處之後，便音訊全無。在他的親朋好友追查之下，某天報上刊出了一則小篇幅的報導：三島讓陳屍在早稻田地區的一處空屋內，死因不明。

譯註1　原為男性或兒童用的和服腰帶，繫法較傳統腰帶簡單，近年也有女性使用。

譯註2　日本傳統建築中的空間規劃之一，雖在建築物內，但未鋪設地板，高度等同地面，人會穿著鞋在此空間活動。早期日式家屋的廚房多為土間，現代則可在進屋脱鞋的玄關處看到土間。

置行堀

起初金太腦子裡還記得妖怪的事，隨著鯽魚接連上鈎，他也忘了這些瑣事，卯足全力拚命釣魚。直到附近寺院的鐘聲傳來，他才回神抬頭。此時初十前後的月色，已昇到池塘西邊的蘆葦葉上。

從本所[1]的御竹藏[2]往東走，碰到第四條路，有個原本是成衣廠的地方，如今已成了一座靈骨塔。這附近有個大池塘，它正是本所七大不可思議之一的「置行堀」。這個池塘裡有很多鯽魚和鯰魚，也有人去釣。只不過當釣客釣了一天的魚，準備打道回府時，不知何處總會傳來「留下它、留下它……」的聲音。據說膽小的釣客會從魚簍裡把釣到的魚倒出來，然後趕緊落荒而逃；膽大的釣客則會認為是風吹草動之類所造成的錯覺，而就在他們打算不以為意地踏上歸途時，怪事就發生了——有時是三個小孩或一個小孩，有時是轆轤首[3]或獨腳傘妖[4]出現，擋住釣客的去路。這時就算釣客再怎麼大膽，也會全身發抖的丟下魚，甚至連魚簍和魚竿都不要，連滾帶爬地逃回來。

有個很愛釣魚的年輕人，名叫金太。他聽說置行堀有很多鯽魚，便決定過去小試身手。途中走過兩國橋時，他遇見了一位認識的老人。

「哎呀，金哥要去釣魚啊？去哪裡釣啊？」

「去御竹藏的池塘啊！不是聽說那裡今年有很多鯽魚嗎？」

「那裡應該有不少鯽魚和鯰魚，但那裡去不得。那裡有妖怪啊！」

金太也有耳聞置行堀的恐怖故事。

「要是妖怪出現，我就順便連牠們一起釣吧！以現在的行情，如果我能釣到一隻傘妖，包準能賣個好價錢。」

「還談什麼價不價錢的，要是牠吸住你的頭，那該怎麼辦啊？你要釣魚的話，還是到別處去吧！那種邪門的地方，還是少去為妙。」

「開什麼玩笑？我沒問題，我有神田明神保佑。」

「那你就去吧。不過，可千萬別待到天黑啊！」

「要是釣得到魚的話，今晚還能在那裡賞月呢！」

「我是說真的。你可別不聽老人言，小心吃虧在眼前啊！」

「嗯，我會小心的。」

金太笑著向老人道別，繼續往池塘前進。來到池塘附近時，午間微風吹得蘆葦葉沙沙作響。起初金太腦子裡還記得妖怪的事，隨著鯽魚接連上鉤，他也忘了這些瑣事，卯足全力拚命釣魚。直到附近寺院的鐘聲傳來，他才回神抬頭。此時初十前後的月色，已昇到池塘西邊的蘆葦葉上。

金太收起手邊的三根釣竿，捲起釣線，再拿起泡在水裡的魚簍。魚簍裡的魚，重量逾一貫匁[5]。

「真重啊！」

金太一手拿著釣竿，一手拿著魚簍。這時，不知從何處傳來了人說話似的聲音。

「留下它，留下它……」

金太停下了準備離去的腳步。

「留下它，留下它……」

金太突然語帶輕蔑地說：

「你在說什麼鬼話？別開玩笑了！去吃屎吧！」

金太快步往前走，孰料這時又傳來「留下它……」的聲音。

「又來了！你到底在說什麼鬼話？我怎麼可能留下這麼肥美的鯽魚？別開玩笑了。管你是貍還是狐，看不慣我把魚帶走的話，就變個獨腳傘妖來看看啊！」

金太覺得渾身不對勁，不敢停下腳步。這時，有東西翩然出現在金太眼前

——它貌似人類，但不是獨腳傘妖。

「怎樣？」

幽微的月光下，映照著野篦[6]那張既沒眼也沒鼻的蒼白臉龐。

「是我啊，金太兄。」

金太頓時慌了手腳，但還是力持鎮定。他拔腿就跑，還不忘抓緊魚簍和釣竿，以免把這些戰利品留下。而那一聲聲「留下它……」，還不斷地從他身後傳來。

「說什麼鬼話！」

金太一路向前狂奔，總算遠離了池塘邊。這時，金太發現了一家茶館，剛才來的時候都沒注意到它。這家茶館的出現，讓金太頓時鬆了一口氣。他毫不遲疑地走了進去。

「來人啊，能不能給我來杯茶？」

茶館裡點著有如行燈般微暗的燈光。有個老人冷不防地從土間[7]一隅走了出來。

「歡迎、歡迎，請坐啊！」

金太把釣竿豎著放在門口，走到土間旁的位子坐下，並把手上的魚簍放在腳邊。老人緊盯著金太猛看。

「您去釣魚回來啦？」

「是啊！我去那邊的池塘釣魚。老伯，我看到怪東西了。」

「什麼怪東西？」

「妖怪啊！既沒眼也沒鼻的野篦。」

「啊！既沒眼也沒鼻的野篦？是不是像這樣？」

老人邊說，一隻手跟著滑過臉龐。說時遲那時快，老人竟變成了臉上既沒眼也沒鼻的野篦。金太尖叫著逃離現場，魚簍和釣竿就這麼留在原地沒帶走。

譯註1　東京墨田區的地名。

譯註2　江戶時代幕府用來儲放木材等建築資材的地方。

譯註3　日本鬼怪故事中常見的長頸妖怪。

譯註4　自江戶時代起，常出現在大眾娛樂作品中的妖怪。

譯註5　一匁是三・七五公克，一貫匁是一千匁，故等於三・七五公斤。

譯註6　日本古代傳說中常出現的妖怪，外型長得就像人類，但臉上沒有眼、口、鼻。

譯註7　日式建築當中，雖在室內，但沒有架高地板的空間，多用來當作廚房、玄關。

田中貢太郎・たなか　こうたろう・一八八〇—一九四一

詭異的行腳僧

和尚把右手伸進了地爐的火堆裡，主人猜他應該是想讓屋裡變亮，所以正在設法讓餘燼復燃。說時遲那時快，屋裡竟突然大放光明——因為和尚右手的每一根手指，全都著火燒了起來。

這是一則發生在武藏國川越藩[1]三町地區的故事，不過內容保證參考過中國的鬼怪故事。

事情發生在一個寒風冷冽的夜晚。三町某一戶農家的門前，有一位行腳僧敲了敲遮雨板，想在這裡借宿一晚。可是，這戶農家已準備就寢，況且這家的主人本來就很冷漠，一開始就假裝已經睡著，拒不應門。然而，行腳僧卻遲遲不肯離去，農家主人便像是要把他罵跑似地說：「我們已經睡了，你去拜託別人吧！」

「我想也是。不過天色已晚，我既不認得路，又弄傷了腳，連一步都走不動了。能不能請您行行好，讓我在院子裡找個角落住一晚。」行腳僧用疲憊不堪的聲音說。

農家主人沒有回答。

「天色已經這麼暗，就算要到別處去，我也找不到路。況且我的腳已經痛得寸步難行，拜託您發發慈悲……」行腳僧還留在原地不動。

農家主人無可奈何，憤憤不平地起床。

「……都說我已經就寢，叫你去別人家了，你還真是個冥頑不靈的人呀！」

主人打開門，在黑暗中探頭往外一看，接著說：

「我家可是沒被子、沒食物，什麼都沒有喔！」

「沒關係，只要給我一個地方睡就夠了。」

行腳僧走進玄關，伸手解開斗笠，脫下草鞋，進到屋子裡。屋內正中央的地爐還沒完全熄滅，留著些微的火光。行腳僧走到地爐旁坐了下來，但農家主人絲毫沒做出任何款待的舉動。

「你就睡在那裡吧！我也要睡了。」農家主人打算就這樣走回房間。

「請問有沒有燈火？」行腳僧開口說了這句話，像是刻意要叫住農家主人。

「我一開始不就說了嗎？什麼都沒有！」

農家主人沒好氣地撂了這句話之後，便用力地關上拉門，鑽進被窩。但他心裡還是有點在意和尚的動靜，便從枕邊的拉門破洞往外窺看。

在地爐的火光映照下，農家主人只朦朧地看見和尚的頭。和尚把右手伸進了地爐的火堆裡，主人猜他應該是想讓屋裡變亮，所以正在設法讓餘燼復燃。說時遲那時快，屋裡竟突然大放光明——因為和尚右手的每一根手指，全都著火燒了起來。農場主人嚇得差點沒暈過去，他的身體已經完全動彈不得，只能一邊發抖，一邊繼續窺探和尚的動靜。

那個詭異的行腳僧，竟又用左手握拳，冷不防地塞進自己的鼻孔裡，不一會兒就把整隻手臂都塞了進去。隨後和尚又把手抽出來，動了動鼻子。農場主人以為他要打噴嚏，沒想到他的鼻孔裡，竟突然像蝗蟲過境般，飛出一群兩、三寸大小的人偶，一個個排在榻榻米上，總數少說也有兩、三百個。行腳僧見狀，便用下巴發了個指令。接著，人偶竟個個都拿鍬揮舞，在屋裡耕作了起來。耕完地之後，人偶又不知從哪裡引來水源，屋裡瞬間成了一片貨真價實的水田。這群人偶又在水田裡播種，種子很快地就發芽成長，還長出了葉子，稻莖也愈長愈高。接著田裡又開出如白粉般的小花，結實纍纍，並轉黃、成熟。人偶又拿起鐮刀收割、打穀、脫殼，最後再倒進畚箕裡過篩，轉眼間就變出了好幾升的米糧。

人偶的工作告一段落之後，行腳僧就把它們全都聚攏，再張大嘴巴一口吞下肚。接著他又對著院子說「過來、過來」，於是原本擺放在院子角落那口爐灶上的鍋子，和一個裝著水的水桶，就像是長腳走路似的，搖搖擺擺地來到行腳僧的身邊。

行腳僧在鍋子裡放了米和水，再把它掛到地爐的鈎子上。接著他又反覆屈伸左右兩腳，用腳碰觸爐緣[2]。於是不知何時來到和尚身邊的柴刀，乒乒乓乓地剁著他的膝關節，簡直就像是在砍柴似的。和尚把剁下來的東西送進地爐裡，爐火竟立刻燒成熊熊烈火，飯鍋裡很快就沸騰了。行腳僧剁下鮮血淋漓的腿，神態自若地丟進地爐後，又觀察了一下火力。這時米飯已經煮熟，和尚把鍋子從爐火上拿下來擺妥，用手抓飯吃了起來。

把飯吃光之後，行腳僧拿起水桶裡的舀水杓，喝了一口水，但並沒有全部吞進喉嚨，而是把多餘的部分吐在地爐的爐火上。結果，地爐馬上化為一灘泥塘，積了一池滿滿的水，還有蓮花葉一片片地浮出水面，最後竟瞬間開出了滿池的紅、白蓮花，許多青蛙都聚集過來，熱鬧地齊聲合鳴。

早已嚇得魂飛魄散，還目睹了這段過程的農家主人，這才想起有路可逃，便從後門爬了出去，把整件事告訴鄰居。鄰居說：「這一定是妖怪，可別讓他溜了！」接著鄰居紛紛拿了棍棒和鍬，跟著農家主人進屋。

眾人悄悄地從後門進屋一看，屋內已恢復原狀，而行腳僧則是仰躺在地爐旁，呼嚕呼嚕地好夢正酣。

「他睡著了，他睡著了。」帶隊進來的農家主人低聲說。

「那我們就悄悄繞過去逮住他吧！」話才剛說完，十五、六個大男人魚貫衝了進去，出其不意地撲上去抓住行腳僧的手腳，還有一個人牢牢地按住了他的頭。

這時行腳僧醒了過來，環顧四周之後，說時遲那時快，他竟已從押住自己的好幾雙手下，一溜煙似地脫身。

「被他逃走了！」

「揍死他！」

眾人抄起事先準備的棍棒和鍬，想制服行腳僧，無奈他的身影在屋裡各處翩然來去，這群男人根本拿他沒辦法。這時屋裡角落有個尺寸偏大，裝著酒的德利[3]酒壺。行腳僧一溜煙地鑽進了那個酒壺裡。

「妖怪躲進酒壺了，快把蓋子蓋緊！」有人這麼說，還趕緊塞上了壺蓋。

「把他送到代官所[4]去！」有個男人這麼提議過後，打算拿起酒壺，卻發現酒壺重得不得了，教人怎麼也拿不起來。

不久之後，德利酒壺竟在屋裡滾動了起來。

「他又想開溜了！沒辦法，把酒壺打破吧！」有人開口說。

有個男人舉起鍬大力一揮，想把德利酒壺敲成碎片。孰料酒壺竟突然冒出一陣黑煙，還發出打雷般的聲響，酒壺應聲裂成兩半，眾人嚇得連忙往後倒退閃避。

而行腳僧卻早已不見蹤影。

譯註1 位於今日埼玉縣川越市。

譯註2 地爐四周圍的木板。

譯註3 瓶口窄，瓶身寬的陶瓷容器，目前多用來作為盛裝日本酒之用。

譯註4 江戶時代的地方行政首府，兼具執法功能。

女人頭顱

有個老女人長得簡直像是會吃人似的，也有女學生臉色擺出一副出旁若無人的表情，還有個背著小孩的太太，看起來一臉不服輸的模樣。不過都沒有他想找的那張臉。

電燈的燈光亮起，四下亮得宛如白晝，群眾的臉龐看起來就像浮在光海上。新吉走在公園的電影院前，睜大眼盯著人群看了好一會兒，才像是突然想起似的，望向了電影院的手繪看板。不過，新吉要看的，並不是那些色彩濃豔的畫。他邁開步伐，毫不猶豫地直走向前，卻沒有什麼目的。

新吉又把目光轉了回來，盯著路上和他擦身而過的那一張張臉龐——有束髮的、圓髻的，還有銀杏返。在新吉眼中，看到的都是女人。他留意著這當中有沒有怯生生、惶惶然的臉龐。

這條鋪著碎石的路上，右邊有著白色乙炔燈，還有賣水煮蛋、落花生的攤販。乙炔燈的光，灑落在攤販後方那些垂柳枝的嫩葉上。

新吉瞄了垂柳嫩葉好幾回，但這個動作並沒有任何特殊的意義。

「喂，新哥啊，有什麼發財的好路子呀？」

有人語帶諷刺地說完之後，還發出了笑聲——那是個戴著褐色中折帽，身型矮小的男人。

「是你啊，小三哥？我又不是你，怎麼可能在街上亂逛找發財機會啊？」

新吉露出了笑容。

「不行！不行！你嘴上是這麼說沒錯，其實早就有眉目了吧！你看這樣如何？」

矮小男人右手握拳，只彈出食指拿到面前，像是要碰自己的鼻尖似的。整個動作非常迅速。

「說什麼傻話！你自己還不是這樣？」

新吉把自己的右手指尖舉到右眼旁，再用食指輕點了一下眼頭。

「瘋子！」

「老爺的確是這樣說的呀！」

「哼，別傻了，人可不一樣呀！」

「你最好趕快找出那個人來。」

「你也幫忙找啊！」

兩人談笑風生地擦身而過。新吉和他的朋友就這樣分道揚鑣，心中卻覺得有人在背後監視他的一舉一動，所以每走個兩、三步就會回頭張望。所幸褐色中折帽男子已經走到池畔那個派出所前面，新吉才又放心地邊走路邊盯著過往行人。他邊走邊想著：「那傢伙比我壞多了，還在那裡耍嘴皮。」還嘖了一聲。

形形色色的女人在新吉眼前穿梭，他打定主意，絕不放過這當中任何一張怯生生的臉龐。有個老女人長得簡直像是會吃人似的，也有女學生臉色擺出一副旁若無人的表情，還有個背著小孩的太太，看起來一臉不服輸的模樣。不過都沒有他想找的那張臉。

那是一個無風且溫暖的夜晚。新吉突然想起了山中的長椅。他覺得這樣的夜晚，或許最適合去那裡一趟。於是他望了池塘一眼，掛著藤架的小橋欄杆就在眼前。他決定轉往那個方向去。

藤架上垂著成串的藤花，在幽微的燈下，花兒顯得特別白。兩側的欄杆都各有兩、三個人倚欄而立，一邊還要和走過眼前的行人保持距離。新吉走過他們面前，過了這座只有一個跨步距離的小橋，再右轉往右手邊的茶館走去。有個看似年輕女學生的女孩，若有所思地前傾走著。新吉的目光停留在她身上。

女孩轉過頭來，露出了她那白皙的長臉。她身穿看似銘仙[1]的紫色花紋外衣，右手拿著洋傘，腳上則穿著鞋底很薄的木屐，腳步軟弱無力。新吉覺得這個女孩很耐人尋味，便悄悄地放慢了腳步，以免女孩發現他尾隨在後。

女孩依舊身體前傾，踩著無力的腳步往前走。新吉和她保持著約莫六尺[2]的距離，擺出一副「晚餐後繞公園逛一圈消化一下」的神態跟著走。接著，前方有七、八人成群迎面而來，女孩的身影稍微被擋住，新吉擦亮銳利的雙眼緊盯。

女孩穿過池塘中央那條路，來到池畔。新吉猜想著她接下來會往哪裡走，觀望了一陣。後來女孩在池畔往右轉，走了一小段之後，隨即又停下腳步，思考該往哪個方向走，不久後便又回頭，張望了一下眼前那條往山裡去的路，才邁開步伐往那裡走去。這讓新吉認定她剛從鄉下來，走投無路。他覺得自己找到了一頭絕佳的獵物，便朝女孩那個方向走去。

點點發亮的弧光燈火中，看得見嫩葉的擺動。女孩在幽暗的廣場上東張西望，接著很快地便走向左側那張在樹蔭下顯得闃黑一片的長椅，並且坐了下來。廣場四周的長椅，傳來有人咳嗽的聲音，還看得到如菸頭般的微弱火光。新吉踩著讓人不疑有他的步伐，走到那個女孩身邊。曾幾何時，他竟已點起了一根捲菸。

女孩很驚訝地抬起頭，柔和的黑眼流露著恐懼。

「我在日本製絨公司上班，不是可疑人物。我看妳好像很煩惱，所以才上前來問問。很多剛從鄉下來走投無路的人，或是有苦衷離家出走的人等等，都會來這座公園，一不小心就被存心不良的壞人騙。那些人我搭救過一、兩次，所以才上前來問妳。我是上班族，公司很囉嗦，要是我幹了什麼壞勾當，公司老闆一定會很不高興。可是見人有難，我總不能默不作聲。雖然我讓這些人在我家借宿，有人住著住著，乾脆就把我家的衣服細軟偷走，害我好心沒好報，但我相信女孩不會做這麼過分的事。妳看來似乎也有什麼苦衷，所以我才會過來問。想必妳一定是有什麼難言之隱吧？」

新吉觀察了一下這個女孩的應對。

「是的。」

女孩用怯生生的聲音說。

「有什麼苦衷，不妨告訴我，不用客氣。我這個人的個性就是這樣，能幫得上忙的我會盡量幫。妳是什麼時候來到這裡的？」

「今天傍晚搭火車來的，人生地不熟，一點頭緒都沒有。」
「那應該很煩惱吧。妳是從哪裡來的呀？」
「從水戶北邊來的。」
「來投靠親戚朋友嗎？」
「我只想著要出來找工作，就離家出走了。在這裡我無依無靠，正愁不知該如何是好。」
「來找工作當然很好，但妳家裡都不會有意見嗎？」
「我不知道家裡會怎麼說，不過我有些難言之隱，已經不打算回家了。」
「那妳想去哪裡工作？」
「哪裡都好，我打算只要有合適的地方就去。您有什麼門路嗎？」
「當然有。這樣吧，先到我家來，我再慢慢聽妳說。我分租了一戶人家的二樓，就在前面。」
這時有兩個男人過來，臉湊得很近，像是在想偷聽兩人在聊什麼似的。新吉心想這是個好機會。

「真煩，有人來了，我們往那邊走吧。」

「好的。」

女孩站起身。

「歡迎歡迎，就在前面而已。我一個人住，沒什麼好客氣的。」

「不好意思。」

女孩輕聲地說完之後，站到了新吉的左手邊去。

「那我們走吧！沒什麼好擔心的，現在到處都缺女傭，大家都為了人手不足而發愁，工作要多少有多少。」

於是兩人邁開了步伐。

新吉從二樓下來，走進了樓下的房間。這屋子裡有個年約五十，留著花白頭髮的老爺，坐在茶几旁喝酒。茶几彼端坐的是一個梳著櫛卷髮型的夫人，外型看來比老爺年紀小一輪，但眼下有黑眼圈。她在陪老爺喝酒，但一副早已等不及看到新吉下樓來的模樣。

新吉露出了詭異的笑容，一邊來到夫人身旁，蹲下來說：
「夫人，我有事想拜託妳。」
夫人也帶著詭異的笑容，看著新吉的臉。
「可以啊，是什麼事？」
「想請妳幫我叫兩碗親子丼。」
「好啊。」夫人突然壓低了聲音，接著說：
「這是想吃個濃情蜜意餐是吧？」
「算是吧，差不多就是這樣。」
新吉也低聲說。
「喂，阿新，那個女孩子看起來很不賴嘛！怎麼？又是去路上撿來的呀？」
老爺頂著他那油亮亮的頭，湊了過來。
「今天運氣挺不錯的嘛！那個女孩蠻好的吧？」
「很好！很好！那樣的女孩可以賣個好價錢吧？又是鄉下來的？」
「是啊，她說是從水戶北邊跑來這裡的。」

「找得到買家嗎？」

「千葉有，這附近也有啊。」

「這姑娘，可不能低於三百兩啊！」

「這個嘛……附近的買家應該可以出得起這個價，不過都還說不準。」

夫人從旁插嘴說：

「怎麼？阿新到手的東西，不會溜走的啦！更何況阿新你那麼能幹。這次可得請我們好好吃一頓喔！」

「當然要請。那親子丼就拜託妳啦！」

新吉笑著伸了個懶腰，接著就走上了二樓。他一邊爬著樓梯，一邊盤算著吃過飯後要到清水屋去，問清楚他們要不要買下。

那個從公園帶回來的女孩，寂寞地坐在二樓那個髒兮兮的房間裡。幽暗的燈光，映照在那張略長的白皙臉龐上，黑眼珠透露著膽怯。

「等一下丼飯就送來了，今晚就請妳先委屈一下。明天一定會有其他辦法的。」

女孩輕晃自己那個髮量豐盈的腦袋，接著再抬頭仰望新吉。女孩身後是貼著黃紙的牆面，紙本身已經很舊，佈滿著鼠灰色的斑。牆和右側的夾縫角落有一張小桌，放著兩、三本講談本[3]之類的書和一個鬧鐘。鬧鐘發出有氣無力的聲響。

「沒什麼好擔心的。等一下吃過飯，我們就去問問看吧！兩、三天之內一定可以找到工作的。」

新吉嘴上說著，一邊在女孩面前坐下。

「不好意思。」

新吉開始問起女孩的身家背景。

「我剛才忘了問，妳叫什麼名字？」

「哦，我叫佐藤秀子。」

「幾歲了？」

「二十歲。」

門外傳來一陣腳步聲，原來是樓下的夫人來到門口。她把親子丼飯放在膳桌上，一併端了過來。

「我就放在這裡囉！茶也幫你們拿過來了。」

「謝謝。」

夫人說完便轉身下樓。新吉起身把膳桌端了進來。

「來，我們吃吧！」

新吉醉醺醺地回到家。他把剛才打開的雨戶[4]關回原狀，爬上玄關那個可立刻通往二樓的樓梯。這個總是在公園附近撒網佈線，等著年輕女孩上鈎的惡棍，剛談妥今晚要把誘騙來的女孩，交給不安好心的清水屋，人家還請他喝了酒，所以現在才回到住處。

二樓的空間一片闃靜。新吉撇了一下頭，接著打開那個看來很蒼白的拉門進房。進房時，他心想女孩應該在房裡打地鋪睡覺，於是便到處察看了一下——原本擺在房間角落的小桌，已被挪到房間正中央。而剛才那個女孩只剩頭顱，略長的白皙臉龐，對著新吉露出了微笑。

新吉嚇得眼前一黑。他火速地往後退，拔腿就逃，但匆忙間踩空了樓梯，稀哩呼嚕地滾下樓，倒在門口。他倏地跳了起來，劈哩啪啦地打開剛才關上的雨戶，逃到了屋外。

新吉在伸手不見五指的闃黑中不斷地向前奔跑，好不容易才看到明亮的光芒。那是一間像酒吧般人聲鼎沸的民宅，門口掛著白色布簾。新吉當下只想著要盡快走進這間屋子，和人類共處。

新吉連忙往入口走去。孰料這時右邊有一扇黑色大門，正劈哩啪啦地關上。新吉無可奈何，只得先停下腳步，而這扇門就這樣一路向左衝去。就在新吉想趁隙穿過時，黑色門板又從左邊劈哩啪啦地衝過來。新吉無計可施，只能先停在原地。

轉眼間，左邊的黑色大門已一路衝到右邊。新吉盤算著這次一定要成功進屋，沒想到黑色門板這下子又從右邊衝了過來。他心想自己再這樣磨蹭下去，恐怕永遠都進不了屋內，便打算等門板一衝過眼前，就快步進屋。於是門一衝過，新吉就緊接著向前跑。說時遲那時快，後面又有下一扇門跟著衝了過來。

後來新吉就在公園後方奔馳的電車輪下，成了亡魂。

譯註1　平織的絲織布料，實用性高。在江戶時代相當普及，還有包括足立、秩父等在內的五大產地，盛極一時，後來隨著西式服裝的普及而式微。

譯註2　約一八〇公分。

譯註3　將說書內容以文字型式出版的書。

譯註4　木製的門窗板，加裝在傳統日式建築的門、窗外側，具有擋雨、遮蔽視線和防盜等功能。

阿累的故事

與右衛門不僅有屋，又有大片田地，身家豐厚，因此很快就找到了再婚對象。事情發展全都如了與右衛門的意，他內心竊喜不已。孰料續弦妻子竟突然生病，隨即撒手人寰。

事情發生在承應二年[1]，歲次癸巳的八月十一日黃昏。與右衛門夫婦剛從田裡回來。他們背上背的，是那天從一早就開始摘採的大量豆類。太太阿累走在與右衛門前面，沒好氣地說：

「我背上這些東西重得不得了，你好歹幫我分擔一點吧？」

與右衛門聽了這句話之後，回她：

「過了絹川[2]之後，就全都由我背。妳再撐一下吧！」

當時他們所在的地點，是下總國岡田郡羽生村[3]。

「是嗎？那好吧。」

阿累像牛似地拖著腳步往前走。好不容易來到絹川的堤防邊時，西方那片染上樺樹色的天空，就像是被燻炙過似的。上游方向翳著薄霧，不知何處傳來馬鳴聲。與右衛門邊走邊瞻前顧後，眼神中透露著一股狠勁。

兩人沿著竹林中的小徑下切到河邊，再走到土橋邊時，與右衛門冷不防地把手放在阿累的行囊上，用力一推。阿累的身體毫無抗拒，筆直地掉進河裡。水面上雖彌漫著些許水霧，但阿累身上背著豆子，所以落水後很快就浮上水面，臉部朝上——那是張又醜又黑的臉。與右衛門見狀，丟開了背上的豆子，跳進河裡，拚命掙扎著打水，一邊把快被沖走的阿累，連同行囊一起壓進水裡。

與右衛門就這樣殺了阿累。他背著阿累的屍體回家，卻謊稱阿累是不慎失足落水，在左鄰右舍的協助下，讓阿累葬在自家所屬的寺廟——法藏寺的墓地裡。與右衛門原本是貧戶之子，娶了阿累當贅婿。他嫌阿累長得醜又囉嗦，便起了邪念，打算把阿累弄死，再娶其他美女續弦，所以才會下此毒手。

與右衛門輕輕鬆鬆、神不知鬼不覺地殺了阿累之後，便準備續弦再娶。與右衛門不僅有屋，又有大片田地，身家豐厚，因此很快就找到了再婚對象。事情發展全都如了與右衛門的意，他內心竊喜不已。孰料續弦妻子竟突然生病，隨即撒手人寰。

與右衛門後來又娶了第三任妻子，妻子卻同樣因病驟逝。眾人心想與右衛門即使再怎麼心狠手辣，妻子接連病故，總會讓他黯然傷神了吧？然而，會為了想重新取個漂亮老婆，而下毒手殺害糟糠妻的男人，可不是省油的燈——他又娶了第四、第五任妻子，但也都是突然過世。只有第六任妻子沒有驟逝，還生了個女兒。與右衛門幫女兒取名，叫做小菊。

雖然與右衛門還是很擔心太太的安危，不過這一任妻子活到寬文十一年[4]，也就是小菊十三歲那一年的八月中旬才過世。與右衛門心想自己年事已高，女兒也已亭亭玉立，不如招個贅婿，自己就可以享清福了。於是他找上過世妻子的外甥——金五郎來當上門贅婿，和小菊結為連理。孰料隔年正月四日左右，小菊就生了怪病，到了二十三日時，竟口吐白沫，痛得在地上打滾，還不斷說著：

「好難受，好難受，誰來幫幫我啊！」

後來小菊昏了過去，與右衛門和金五郎都陪在身邊照顧。所幸很快地小菊回過神來，但卻一直瞪著與右衛門。

「你還真敢動手，竟讓我命喪絹川。我不是小菊，我是二十年前被你殺害的阿累。你為了想娶美女當老婆，下毒手殺了我。所以我才會殺了你的每一任太太，現在輪到你償命了！」

與右衛門嚇壞了，連忙逃進了法藏寺，金五郎則是逃回了父母家。當天是二十三夜[5]，村裡的人都聚集在與右衛門家隔壁，一聽說小菊出事，便前往與右衛門家一探究竟。豈料小菊一看到村裡的人，又開始大吼：

「我是與右衛門的老婆阿累！與右衛門嫌我長得醜，就把我推進絹川溺死。我今天來，就是為了報這個冤仇，與右衛門卻逃去躲在法藏寺裡。你們快去把他叫來，和我一決勝負！」

村民們覺得小菊這番話，說得簡直就和阿累如出一轍。因此他們認為應該去把與右衛門叫回來，雙方直接面對面，讓一切大事化小、小事化無。於是村民跑去找與右衛門，可是與右衛門卻擔心事跡敗露對自己不利，便設法推脫，說：

「這些話根本無憑無據！她一定是被狐仙或狸貓附身了。」

最後他拗不過村民勸說，百般無奈地回家。小菊一看到與右衛門，就開口說：

「與右衛門，你想在這麼多村民面前文過飾非，還說我是狐狸。別以為你做的好事沒人知道，我可是有證人的！」

與右衛門無言以對。這時有位村民開口問：

「妳說的證人是誰？」

小菊近乎吼叫似地說：

「法恩寺村的清右衛門！」

與右衛門已百口莫辯。村民說事到如今，也不忍心再將與右衛門斬首，不如就讓與右衛門出家，為阿累超渡求冥福吧！這時當地的村長庄右衛門帶了兩、三個同僚到場，對小菊說：

「妳的冤仇這筆帳，該找與右衛門追討，怎麼讓小菊在這裡受苦呢？」

話才說完，小菊便起身回答：

「您說得沒錯。光是抓住與右衛門，要他殺人償命，根本算不上是懲罰。我讓小菊生病，也是為了讓與右衛門看著她吃苦受罪。」

村長認為光是調解勸說，恐怕很難讓阿累的冤魂退去，於是又找來法師，唸誦起了仁王法華心經。沒想到小菊卻打斷了誦經，說：

「那種經再誦幾萬遍都沒用，若想救我脫離地獄，就幫我念佛！」

村長找來法藏寺的住持，在二十六日[6]的晚上舉辦念佛法會，才讓阿累的冤魂退去，小菊的身體也復原。然而，後來阿累的冤魂又來作祟過兩次，讓小菊飽受折騰。最後由弘經寺[7]的祐天上人[8]出面教化，才讓阿累成佛度脫。

譯註1　西元一六五三年。

譯註2　現稱為鬼怒川。

譯註3　現為茨城縣常總市羽生町，與鬼怒川接壤。

譯註4　一六七一年。

譯註5　江戶時代的一種民間信仰，人們在農曆二十三日晚上要聚在一起吃飯、誦經，還要一起等待月亮升空後朝拜，就能趕走邪靈惡鬼。

譯註6　江戶時代的民間信仰認為，在農曆正月和七月的二十六號晚上，要等月亮升起並加以朝拜。當時民間相傳在這兩晚的月光當中，會出現彌陀三尊，也就是阿彌陀佛、觀音菩薩和勢至菩薩。

譯註7　位於茨城縣常總市，創建於一四一四年。

譯註8　江戶時代最具代表性的法師之一。相傳祐天上人可以拯救被惡鬼冤魂纏身者，還能透過念佛之力讓冤魂成佛。

女鬼

這一片住宅用地長滿了草，有的高度約莫等同小孩身高，白天看來就像赤藜；也有些結著如小米顆粒似的淺紅色果實。就在它的入口處，朦朧的月色微光，映照著一條因為行人走過而踩出來的蹊徑。

儘管街頭左右兩邊的街燈只是稀稀落落地亮著，但看到這些燈光，還是讓菊江鬆了一口氣。這幾年因為不景氣，文化住宅[1]的基地上，房子並沒有蓋滿。菊江剛才就是抄捷徑，穿過這些空地走過來的。

微陰的天空中掛著一輪明月，附近到處都聽得到蟲鳴聲，路上則鋪了砂石。菊江沿著路往右轉，這裡的臨路第一排也有多處空地，看不到鱗次櫛比的建築。何況現在都已經是十點鐘，位在郊區的新開町，更是一片死寂。

沿這條路往右走半町[2]左右，就會碰到一個三岔路口——左邊是綿延的幽暗緩坡，右邊是電車車站前，有一小段人車分道的寬敞大路，分流的交界處種了法國梧桐，電燈的光照亮了它們的樹葉。這裡的街道兩旁擺出了各式商品，菊江走到其中一家店裡去買蒟蒻。菊江的父親因為公司有事，到仙台出差去了，家裡只有媽媽、年幼弟弟和她在。偏偏媽媽又鬧胃痛，所以才要吃蒟蒻緩解。原本媽媽要她帶弟弟一起出門，但總不能留病人自己在家。因此儘管菊江平時在市區的公司裡做行政工作，這條路每天早、晚都會經過，熟悉得很，自己跑一趟完全不成問題，但今天就是覺得很忐忑。

每十分鐘就有一班經過的電車聲響，以及列車即將出發的警示音響起。菊江轉進這條大街，走上右側的人行道，就看到有兩個年輕男子從前方迎面而來。他們走在馬路的正中央，還像喝醉似的高聲談笑。菊江倒是一如往常，並不討厭醉漢的聲音。另有一位女士帶著兩個少年，走在那兩個醉漢身後。

正當菊江打算走進五金雜貨店隔壁那家果菜行時，她不經意地一看，發現蔬果行左邊那家咖啡館，一、二樓都門庭若市，人聲鼎沸，還混雜著女人的聲音。菊江忽然想到：「該不會那個人也在裡面吧？」她想到的是一位同公司的年輕男同事，住在電車的那一頭。菊江猜想，自己這麼晚還獨自出門辦事，要是被那個男同事看到，一定會親自護送菊江回到家門口。菊江腦海中浮現了那個青年露出白色小牙的嘴角，一回神才發現雙腳已走進了蔬果行，嚇了一跳。匆忙買了三塊蒟蒻，用手帕包好之後，走出店外。

那家咖啡館的燈火，馬上又映入了菊江的眼簾。不過光是站在這裡看，她還是會覺得過意不去，於是便直接打道回府，但腦子裡卻又想起了那個青年。隨著三岔路口愈來愈近，青年在她腦中的印象也越來越淡薄——因為這段路讓她又開始覺得忐忑。菊江回頭望了一眼，心想「都沒人可以結伴一起走嗎？」五金雜貨店前好像有一個人站著，但看起來不像是要往這個方向走。這時右手邊那條緩坡路傳來腳步聲——一個看似勞工的胖子，朝這裡走了過來。他頭上戴著看似草帽的夏季帽款，走在馬路的正中央，還把視線望向菊江。菊江趕緊加快腳步和他擦身而過。

前面就是三岔路口。如果要走大街的話，往菊江家要走的是右邊那條長長的緩坡。菊江當下就想循這條路線回家，但和抄捷徑相比，這條路得多走兩町以上，而且走這條路容易被可疑人士盯上，更加深了她的不安——這份忐忑倒是和走草叢裡的捷徑一樣。朦朧月色下，草叢裡的小路其實並不暗。菊江心想：「反正都是沒伴，那還不如選近路。」於是她又選擇抄捷徑，朝左邊那條有亮光的路走去。

這條鋪了砂石的路，走起來並沒有菊江想像的那麼順利。有一間洋房，在臨街那面築起了矮土牆，院子裡種了一片草坪，屋子側邊傳來了一陣狗叫聲。菊江傍晚下班回家的路上，有時會看到一個短髮少女，和小狗在這片草坪上玩耍。她想起少女身邊那隻體型偏小，但外觀像鹿的小狗。她用這隻狗的模樣，在腦中描繪了一個不知是何方神聖的黑影。這時，菊江又回頭張望了一下——因為她擔心是不是有可疑人物在跟蹤自己。

所幸身後什麼都沒有，菊江這才總算放了心。她來到雜草叢生的捷徑入口。這一片住宅用地長滿了草，有的高度約莫等同小孩身高，白天看來就像赤藜；也有些結著如小米顆粒似的淺紅色果實。就在它的入口處，朦朧的月色微光，映照著一條因為行人走過而踩出來的蹊徑。菊江在這條路上踏出了一步之後，又回頭張望。視線彼端有高壓電線桿，和塗上草色油漆的路燈用方形電線桿並排，旁邊有個看似人影的東西。菊江心想「哎呀？」再定睛一看時，卻沒看見什麼異狀。

於是她放心地走進了荒煙蔓草裡的那條蹊徑。這裡的蟲兒活在各自的世界，滿懷自信地歌唱而互不干擾。在大地露出表面紅土肌理的地方，草變得比較短，小徑的動線也有些紛亂，到處東兜西轉。菊江不敢四處張望，專心地循著雜草叢生的蹊徑前進。就在此時，菊江的耳畔感覺到有動靜。她下意識地回頭一看，發現有人在稍遠處朝這裡走來，嚇得她杵在原地——一個身材修長且瘦骨嶙峋的男人，朦朧地現身。菊江覺得毛骨悚然，頭也不回地快步向前走。

菊江來到一個地勢較高、種著栲樹的地方。她一邊衝上這個紅土肌理的斜坡，一邊回頭望了一眼——身材修長且瘦骨嶙峋的男人，已近逼到她身後。如果他只是個路人，應該不會跟著菊江小跑步才對。菊江雖覺得膽戰心驚，但內心倒還有幾分莫名的從容，心想「是路人還是在跟蹤我，試一試就知道」。於是她衝上斜坡後隨即靠右，跑到一棵栲樹下回頭往後一看——身材修長且瘦骨嶙峋的男人，已出現在菊江跑上來的那條斜坡路邊。看來是個對菊江窮追不捨的壞人。

於是菊江又從栲樹前折返，如滑落般跑下紅土斜坡一小段，再回頭張望——身材修長且瘦骨嶙峋的男人又出現在斜坡上。這下子總算可以確定他是壞人了。菊江本來想大聲求救，但她擔心除非有刑警或員警剛好經過，否則就算不遠處就有民宅，這麼三更半夜的，既不能馬上求得援軍，說不定大聲嚷嚷還會刺激這隻追到獵物身邊來的貓提早出手。她三步併兩步地走，一邊想著用什麼妙計來逃離壞人的魔爪。

眼前有一棟剛鋪上屋瓦，但還沒蓋完的房子。菊江信步走向房子暗處，看樣子是打算躲進這棟建築物裡。至於追著菊江來的那個身材修長、瘦骨嶙峋的男人，也跟著來到菊江藏身的這棟房子，仔細地打量著——朦朧的月光，照在玄關的柱子上，柱子旁有個臉龐削瘦的女人，吐著她那又大又長的舌頭，長度看來約莫有六、七寸。身材修長、瘦骨嶙峋的男人見狀，「哇！」的大叫了一聲，簡直就像嚇破了膽似的，轉身拔腿就逃。

政雄沒開鎖，劈哩啪啦地打開了雨戶。接著他像是被人追趕似的，快步地走進玄關，再匆匆地關緊門窗。這裡左右兩邊各有一個檯子，上面擺著五金雜貨商品。政雄穿過檯子之間那條又黑又窄的通道後，急忙走進眼前的客廳。隔壁臥室有一對老夫婦在睡覺，黃昏的電燈光線，照進了這間客廳裡。政雄租了二樓那間六疊[3]大小的房間，平時他總會爬上右手邊的樓梯回房，但這天晚上，他並沒有上樓。

「阿姨，妳睡啦？」

他一邊打開房間拉門，一邊語帶驚慌地說。房裡有一對夫婦，頭朝拉門方向躺著，但兩人都還沒睡。老先生趴著讀報，聞聲抬起了頭，眼睛往上瞄了一眼，從眼鏡上方縫隙看了看政雄的臉。

「進來吧，我們才剛躺下。」

老太太躺在老先生的左邊。政雄關上身後的拉門，進房走到老太太枕邊的長火缽旁坐下後，還對自己的前後左右張望了一番，好像有人來到他身邊似的。接著，政雄還瞪大了眼睛，環顧整個室內。

「有什麼事嗎？」

老先生覺得政雄的舉動很不對勁，便開口問他。

「沒事，什麼事都沒有。」政雄倉皇地低聲說。

「但我還是覺得你不對勁。」

「哪裡不對勁？」

「應該是發生了什麼事吧？還是你開車撞了人？」

政雄以前是個司機。有一天晚上，他開車撞了人，說要先下班帶傷者到醫院去，便把車交給助理開。結果他把那個傷者帶到沒人看見的地方揍了一頓。當下雖然逃過一劫，但後來還是難逃法網，被吊扣了駕照。

「怎麼可能！」政雄惶惶然地說。要是平時，他早就把老先生的這句玩笑話拿來當作閒聊的題材，絮絮叨叨地說下去了吧。

「總覺得你的樣子不太對勁呀！」老先生又對著老太太說：

「妳說對吧，老伴？尾形看起來有點不太對勁吧？」

「是呀。」原本臉朝著另一邊、左側睡的老太太，也翻過身來看著政雄，說：

「怎麼了，尾形先生？又做了什麼虧心事嗎？」

「我、我才沒有咧！」

「那為什麼看起來不像平時的尾形先生啊？」

「沒什麼，只不過今晚是個令人莫名煩躁的夜晚。」政雄說完之後，又四處張望了一番。接著又說：

「阿姨，我覺得今晚鬱悶得不得了。我知道這有點強人所難，但能不能拜託妳，去二樓幫我開一下燈啊？」

「所以我們才問你怎麼了嘛！燈是可以幫你開，但這未免太不對勁了吧。」

「沒事啦！我只是討厭暗而已。」

「是嗎？那就幫你開個燈吧。」老太太沒多想，起身喃喃地說了句「哎唷喂呀，真奇怪，尾形先生究竟是怎麼回事呀」，接著就打開拉門，走出了房間。

「到底是怎麼回事呢……」

老先生覺得政雄似乎有什麼隱情，而自己既然是出租房間給他的房東，當然不免擔憂。

「怎麼？我只是身體有點不舒服而已。應該是神經衰弱之類的問題吧。」

「是嗎？但願不是有什麼會和警方扯上關係的事。」

「怎麼可能發生那種事？絕對沒有。」

「那就好。因為你看起來實在很不對勁。那你快睡吧。」

「說的也是，早點睡吧！」

政雄像一尊彈簧玩偶似的彈起身走出房間，接著又爬上樓梯。親切的老太太幫他開了燈，還順便幫他鋪好了睡床。

「謝謝。」

政雄就這麼鑽進了被窩裡，用棉被從頭裹到腳。

「尾形先生今晚到底是怎麼了呀？」

老太太嘴裡說著，一邊走下樓。政雄則像個死人一樣，一動也不動——他的腦海裡，全都是那條又大又長的舌頭。政雄因為駕照被吊扣，不能再當司機，打算到郊區找個汽車公司的助理工作，所以才會搬到這個鎮上來找機會。結果找著找著，竟開始對女人伸出狼爪。這天晚上，他在入夜後跑到隔壁鎮上人煙稀少的地方，原本打算找個女人下手，後來因為有人經過，他才落荒而逃。接著他又到附近的一家咖啡館喝酒等夜深，再搭電車回家。沒想到才剛出車站，就看到一個女人獨自走在街上。政雄原本打算對她下手，結果卻看到了鬼怪，所以才不敢把頭伸出棉被外。

那個舌頭又大又長、臉龐削瘦的女人，長得簡直就像身穿袴[4]裝、手拿布包那個不知是女學生還是女職員。女鬼竟然就這樣，和入夜後打算侵犯的那個女人連結起來——政雄開始覺得自己今天應該是從入夜後，就被妖魔鬼怪給纏上了。他坐在老夫婦身旁時，對妖魔鬼怪的恐懼，和對惡行曝光的恐懼，讓他嚇得不知所措。但曾幾何時，他對惡行敗露的恐懼已經煙消雲散，只剩下對妖魔鬼怪的恐懼仍在。又大又長的舌頭，折磨著政雄的大腦。

躺著躺著，政雄開始有了一點尿意。他覺得那條又大又長的舌頭，就垂掛在被窩外面，因此不敢把頭伸出棉被外。於是他打算憋到天亮。一邊忍著尿意，一邊想著「快天亮吧！」同時也等待著黎明到來。在這些折騰之下，政雄竟也昏昏沉沉地打了盹。不久，有車子在巨大聲響伴隨下駛過。那應該是貨車的聲音吧？如果是每天早上載著蔬果，前往果菜市場的那些貨車，發出了熟悉的聲音，那就代表已經是五點左右。只要載運蔬果的貨車經過樓下，習慣早起的老先也很快就會起床。政雄才稍微一放心，就開始忍不住尿意。他索性起床，迅速地跑下樓梯。此時樓下的燈已經亮起，而老夫婦平時睡覺不會開著燈，既然燈亮，就表示老先生已經起床。這下子政雄總算寬心了。他放心地打開走道盡頭的內開門，走到屋外昏暗的緣廊，再到對面打開廁所門，沒想到這時竟有人從廁所裡跑了出來。政雄嚇了一大跳，再定睛一看對方的長相——原來就是那個臉龐削瘦、舌頭又大又長的女人。政雄大叫一聲之後，當場就暈了過去。

過了半晌，政雄總算恢復了意識，卻看見那條又大又長的舌頭垂掛在眼前。他又大聲慘叫，準備拔腿就跑。

「尾形先生，你怎麼啦？」

政雄覺得自己莫名地被抓住，全身動彈不得。他這才發現，原來自己是躺在老夫婦的房間裡。

「尾形先生，你是怎麼了？我一從廁所出來，你就嚇暈了。」

那是老太太的聲音。原來政雄把從廁所出來的老太太看成了鬼怪，所以才嚇暈了過去。

從那天之後，政雄就像廢人似的，在五金雜貨店的二樓一直昏睡。到了第十天左右，精神狀態才終於恢復正常。既然恢復了正常，就不能一直遊手好閒，得出門去找工作。於是他又開始外出，但腦中老是想著那條又大又長的舌頭，所以總在太陽下山之前就會回家。

就這樣，政雄連著五、六天都出門找工作，可惜沒找到合適的職缺，更糟的是口袋已經見底。他想起以前在自己手下當助理的那個司機，便決定去找這位司機試試。這位司機很同情政雄，帶了他去咖啡館，還請他吃了一餐。也因為這樣，政雄到很晚才能回家。他準備告辭時，已是晚間十一點左右。不過自從這天之後，政雄又敢在晚上出門活動了。

有人介紹政雄到一家新開的公車公司，駕駛在郊外城鎮和市區之間往返的車。他去看了看情況之後，馬上就和對方談妥了。政雄心中總算鬆了一口氣，一方面也實在不想回家吃冷掉的剩飯當晚餐，於是便走進咖啡館吃飯，到了八點左右才心滿意足地踏上歸途。他走到了一條大馬路上，這裡當天似乎有廟會，所以道路兩旁都是攤販，人潮洶湧。

政雄覺得很有意思，便走進人群中，漫無目的地逛了逛。這時道路右側出現了一片空地，不少人在此駐足停留。空地上有兩三個市集，每個市集都各有人潮聚集。政雄注意到一家賣襯衫的店，攤商大聲地叫賣著。他雖想為自己添購一件新襯衫，卻沒有打算在這裡買。

政雄盯著攤商銷售襯衫的熱鬧氣勢看了好一會兒之後，突然看了一下自己眼前，發現有個嬌小的年輕女孩站在那裡，左右兩側還各站著一個看似學生的青年，舉動看來有些詭異。政雄仔細一看，發現這兩個青年正在對女孩使出某些手段。看了這一幕，政雄的好奇心也開始蠢動，便悄悄把右手伸到女孩的腰帶邊緣。沒想到竟有溫暖的手指爬到了他手上。政雄心想這下子還有戲唱，便往右靠三步，繼續等待動靜。結果女孩也巧妙地從兩位青年之間穿過，靠向他身邊。政雄覺得這個女孩無疑已是自己的囊中之物，便往空地和民宅之間的窄巷走去。他回頭一望，發現女孩不像是會跟過來的樣子，便懷著些許的失落，告訴自己「原來是我會錯意了呀？」一邊似走非走地邁開步伐。此時，有人從政雄身後追過他，繼續往前走去。政雄仔細一看，原來就是那個女孩。他喜孜孜地跟在女孩身後走，兩人隔著約莫六尺的距離。

女孩走進巷子之後，來到一個十字路口，接著再往左轉繼續走。這裡是一條狹窄的暗巷，連住宅外的門燈都只是稀稀落落地亮著。政雄本來想在這裡叫住女孩，但女孩似乎在顧忌著什麼，所以他也只好不發一語地緊跟在後。

街道的兩旁開始出現麻櫟樹林，政雄覺得附近應該是看不到民宅了。孰料這時街道右側竟出現了一座新的石造鳥居，上面裝了一盞電燈。政雄想為所欲為的情緒已經到了高點。

「這裡夠幽靜了吧？」

他貼近女孩身邊說了這句話，想製造雙方進一步發展的契機。說時遲那時快，女孩一個箭步，轉往鳥居所在的那個方向，再回眸一望——臉龐削瘦的女人，正吐著她那又大又長的舌頭。政雄「哇！」的慘叫一聲，逃離了現場。

警察看到政雄瘋狂地在鎮上亂跑，便把他送到精神病院的療養病房安置。他發瘋過後沒幾天，有個年輕上班族已得到菊江的父母首肯，到菊江家中拜訪。席間他提到自己的住處附近，有個在五金雜貨店二樓賃屋而居的男人，因為看到女鬼而發了瘋；而菊江也分享了一個「蒟蒻妙計」，說完還自己笑了。

譯註1 大正時代中期開始流行的一種獨棟西式住宅建築。

譯註2 一町約為一〇九公尺。

譯註3 相當於三坪。

譯註4 一種和服的下裳，看起來像長版的百摺裙，明治到昭和時代的女學生大多穿著這種款式的制服。

供奉蒼蠅

女兒拿出了胭脂，九兵衛在蒼蠅的翅膀、身體，都糊上厚厚一層之後，又把牠裝進紙袋裡。隔天早上，九兵衛那個在附近開店做生意的弟弟——勘右衛門說要去伏見 ，順路過來打個招呼，於是九兵衛就把那個袋子託給他帶走。

靠在火盆旁取暖的右手背上，有一隻蒼蠅飛來停駐。眼下還是二月春寒料峭的時節，蒼蠅實屬罕見。九兵衛心想：「原來現在已經是蒼蠅出沒的時候了呀！」但未免也還太早了。

九兵衛揮手追趕，於是蒼蠅飛到了帳房格柵上，搓起了手腳。這裡是位在京都寺町通松原下町的一家飾品店，店裡有兩、三位學徒，正在向上門來的女客推銷頭飾。九兵衛此刻也忘了蒼蠅的事，專心地為近期即將出嫁的親戚女兒挑選賀禮。

久兵衛的夫人和女兒在飾品店後方的屋裡，面對面做著針線活。女孩年約十七、八歲，長得像個娃娃。夫人時而細心提醒她的縫法。此時，朝陽照在緣廊的下半部，映成了一片淺紅色。

正當夫人打算從腿上拿起一小塊紅布之際，不知從哪裡飛來了一隻蒼蠅。夫人手中拿著剪刀，一時慌了手腳。

「唉呀！已經有蒼蠅出沒啦！」夫人用難以置信的口吻說完後，盯著蒼蠅看。對於那個準備出嫁的親戚女孩，女兒感到莫名地嫉妒，心中一項又一項地細數那個女孩的諸多缺點，所以只瞥了蒼蠅一眼，什麼話都沒說。

「天氣還這麼冷，不管怎麼說，也實在是太早出來活動了吧？」夫人又接著說。

「好像是稍微早了一點。」女兒若有所思，事不關己似地回答。

「太早了，太早了！簡直是隻時序錯亂的蒼蠅嘛！」夫人看了女兒一眼，又轉頭望向蒼蠅，孰料蒼蠅已不見蹤跡。

「真是的！蒼蠅飛走了啦！飛到哪裡去了呀……」夫人喃喃說著，還四處察看了一下，都沒發現蒼蠅的蹤影。

到了中午，家裡的人會湊在一起吃飯。當家老爺九兵衛才一拿出吃光的碗，一旁的女傭就會送上出菜、收桌用的托盤。說時遲那時快，有一隻蒼蠅，不知道是否原先就停留在托盤上，總之這時已改停留在九兵衛拿碗那隻手的手腕上了。

「又有蒼蠅！」九兵衛大感驚訝。

坐在九兵衛對面的夫人，也想起了剛才看到蒼蠅的事。

「你那裡也有啊？我們這裡剛才也有一隻。」

「是嗎？早上我是在帳房看到的。」九兵衛語畢，拿起碗放到托盤上。於是蒼蠅便挪到了兩人膳桌之間的榻榻米上。

「唉呀，為什麼會有蒼蠅呢？時序錯亂了吧？」夫人擱下筷子，盯著榻榻米看。

「好像早了一點啊。」九兵衛說著，一邊把添滿的飯碗拿了起來。

坐在夫人和女傭之間的女兒，突然靈光一現。

「牠會不會是剛才那隻蒼蠅？」

「有可能喔，畢竟現在這個時節，蒼蠅應該不是那麼多吧？」夫人說。

「剛才在店裡的，說不定也是這一隻。」九兵衛望向榻榻米，但蒼蠅已不在那裡。「哎呀，真是的！到底飛到哪裡去了？」

到了八刻[1]，九兵衛在帳房喝著茶，沒想到又看見那隻蒼蠅。牠從帳房格柵飛到了桌面上。約莫在那前後，在前廳裡和親戚長輩談話的夫人，耳邊也輕響起一陣蒼蠅的拍翅聲。

晚上，這一家三口在行燈下閒談。九兵衛說話時，無心瞄了一眼，竟看見一隻蒼蠅停在行燈上，彷彿燈罩上沾染了一點墨。

「又有一隻。」九兵衛瞪大眼盯著牠看，彷彿像是發現什麼不祥物品似的。

一聽到「蒼蠅」，夫人也跟著轉頭過去看。「是不是剛才那一隻？下午我和爺爺說話的時候，也有蒼蠅從我耳邊飛過。」

「我那裡也有，是在我兩點喝茶時看到的。」

「不知道是不是同一隻蒼蠅？打死牠吧？」

「別打牠，就把牠抓起來丟到外面去吧。」九兵衛張開雙手，走過去把那隻一直停在紙上的蒼蠅撈進掌心。

「幫我開窗。」

夫人走到緣廊，將擋雨窗打開一條細縫。外面一片幽暗，九兵衛從夫人身後走到窗前，像推出窗外似的把蒼蠅丟出去之後，又關上了窗。

隔天午時，九兵衛和夫人在客廳裡，圍著火盆聊親戚家嫁女兒的事。

「既然是叔叔家嫁女兒，至少得買個衣櫃去吧？」九兵衛無心地瞥了夫人的右肩頭一眼，竟發現有隻蒼蠅停在那裡。

「又有蒼蠅了！」

「在哪裡？」夫人一轉頭，蒼蠅又飛到了九兵衛的膝蓋上去。

「是昨天那隻蒼蠅嗎？」

「說不定喔。」

「真煩人，還是打死牠吧。」

九兵衛兩手呈杯狀，從左右兩邊包抄過去，三兩下就把蒼蠅關進了掌心裡。

「別打死牠，把牠丟到遠一點的地方去吧！妳去店裡拿個袋子過來。」

夫人不發一語地走出了客廳，不一會兒就拿了一個店裡用的小紙袋回來。

「清吉好像要去堀川[2]那邊送貨，就請他帶出去丟吧。」

九兵衛要夫人打開袋口，再把自己的手移到袋口上，讓蒼蠅從掌心下方飛出去之後，再急忙把袋口收緊。夫人拿著這個袋子，又往店面的方向走去。

傍晚，九兵衛一家三口準備吃晚飯時，女傭從冒著蒸騰白煙的鍋中舀起燉菜，盛到三個湯碗裡，再擺到托盤上端給夫人。正當夫人打算先把第一碗放到九兵衛的膳桌上，伸手送出湯碗之際，蒼蠅竟停在她的手腕上。
「啊！」夫人直盯著它看，像是手上有什麼可怕的東西似的。
「蒼蠅嗎？」九兵衛滿臉不耐地說。
「是今天早上看到的那一隻嗎？」夫人伸出左手去抓，九兵衛則是接下了湯碗。
「怎麼可能？應該不是早上的那隻蒼蠅了吧？」
蒼蠅在兩人眼前翻飛，最後終於在九兵衛的右手腕停駐。九兵衛用左手掌蓋住牠，再用手指輕輕拈起。
「我就要看看，同一隻蒼蠅究竟會不會再飛回來。阿豐，拿胭脂來。」
女兒拿出了胭脂，九兵衛在蒼蠅的翅膀、身體，都糊上厚厚一層之後，又把牠裝進紙袋裡。隔天早上，九兵衛那個在附近開店作生意的弟弟——勘右衛門說要去伏見[3]，順路過來打個招呼，於是九兵衛就把那個袋子託給他帶走。
那一整天都沒人看到蒼蠅，看來蒼蠅就只有那一隻。當天是個微陰又涼冷的日子，吃過晚飯之後，九兵衛又提起了蒼蠅的事。

「今天整天都沒看到蒼蠅出沒，看來蒼蠅應該就只有那一隻，又或者是有兩隻蒼蠅，昨天丟掉的那一隻已不見蹤影，今天再丟一隻，這樣家裡應該就沒蒼蠅了吧。」

「也有可能是昨天丟掉那一隻又跑回來。」夫人說。她的眼神彷彿在看著某個陰影。

「這麼冷的天，蒼蠅應該沒那麼多吧？可是都已經拿到堀川附近去丟了，總不會飛回來吧？」

「是嗎？我總覺得牠已經飛回來了。」

夫人視線彼端的燈罩上，出現了蒼蠅的蹤跡。

「又有蒼蠅！」

夫人驚恐地說。

九兵衛從旁轉過頭，望了一眼之後，挪動膝蓋過去，用雙手撈起那隻蒼蠅，再用右手指尖輕輕拈起，接著打開行燈的燈罩開口，就著燈火觀察——這隻蒼蠅的翅膀和腹部下方，都沾有胭脂。九兵衛腦中閃過一個念頭，蒼蠅便從他的指尖溜走，在他和夫人的頭上靜靜地飛。

「牠身上有胭脂嗎？」夫人滿臉驚恐，大聲地問。

「嗯。」九兵衛點頭回應。

他心裡想到了一些事——他想起上個月過世的女傭阿玉。阿玉生於若狹，既無父母也無兄弟，只有一位伯母住在宇治。這個嬌小的圓臉女孩，在飾品店裡工作的這四、五年來，不曾買過一件新衣服，存下了近百兩銀子。

「妳存那麼多錢要做什麼？」

有一天，夫人半開玩笑地這麼說。結果阿玉回答：

「我想在寺院裡幫爹娘立個牌位，所以才這麼拚命存錢。」

去年秋天，阿玉在常樂寺幫她父母立了牌位，寺方收了七十兩銀子的祠堂費。阿玉把剩下的三十兩銀子交給老闆保管。入冬之後，阿玉生了病，而且病情每況愈下，於是後來就請那位住在宇治的伯母把她接回去養病。可惜到了上個月十一號，阿玉還是撒手人寰。——九兵衛猛然想起阿玉託他保管的錢，如今還在他身上。

「我替阿玉保管了一筆錢。」九兵衛看著夫人說。

夫人和九兵衛四目相望，不發一語。蒼蠅還在他們頭上，不停發出拍打翅膀的聲音。

「那個女孩子千辛萬苦，好不容易才幫父母立了牌位。或許她會想用那筆剩下的錢，來供奉自己吧。」

「應該是吧。」夫人全身緊繃。

「她是哪一天過世的啊？」九兵衛仔細回想，「是十一號吧？……這樣算起來，明天不就剛好七七四十九天？」他沉思半晌之後，說：「這樣吧，明天拜託勘右衛門幫忙，我們家也出三十兩銀子，湊成六十兩，分成兩份付給通西軒[4]和瑞光寺[5]，幫阿玉供奉祭祀一番吧！」

後來就沒再看到蒼蠅出沒。然而隔天早上，卻還是不知從哪裡跑來一隻身上沾著胭脂的詭異蟲子，在九兵衛和夫人身邊飛來飛去。九兵衛夫婦不再嚷嚷說有蒼蠅，只是靜靜地看著牠。

吃過早餐後，九兵衛便找了勘右衛門過來。這時蒼蠅停在夫人的膝蓋上。

「蒼蠅又飛回來了。」九兵衛望著勘右衛門說。

「什麼？那隻蒼蠅飛回來了？」勘右衛門嚇得睜大了眼睛。

「沒錯，就是那隻蒼蠅。」九兵衛指著夫人膝蓋上的蒼蠅，娓娓道出了想幫阿玉供奉祭祀的事。

「所以能不能拜託你辛苦一天，跑一趟寺院？」

「可以啊！這樣處理比較好吧。」勘右衛門就這樣答應了。

正當夫人準備起身去拿銀兩交給勘右衛門時，蒼蠅又飛到了九兵衛的右手背上。勘右衛門和九兵衛都怔怔地盯著那隻詭異的蟲子看。夫人拿著要布施給寺院的兩個紙包，回到位子上。這時，剛才一直停在九兵衛手背上的那隻蒼蠅，竟滾落到榻榻米上死掉了。

他們決定把蒼蠅的屍體也一併送到寺院去，便把牠裝進一個小盒子裡，讓勘右衛門拿去。勘右衛門先去了深草的通西軒，自堂上人在蒼蠅上撒了一些加持土沙[6]。

接著又來到了瑞光寺。慈明上人先是誦了經，再把蒼蠅拿到山上去安葬，還立了墓牌。這是元祿十五年時，在京都流傳的鄉野傳說之一。

譯註1　江戶時代稱兩點為八刻。
譯註2　位於京都市中心，流貫南北的一條河川，是當年建造平安京時開鑿的運河。
譯註3　京都南部的地名。
譯註4　位於現今京都市伏見區深草的真宗院境內。
譯註5　一六五五年創立，位於現今京都市伏見區的深草。
譯註6　密教儀式。相傳將加持過的土沙撒在往生者的遺體或墓上，往生者就能滅罪生善。

窮神的故事

老爺的祿米有五百石，在旗本當中算是相當尊貴的人家。可惜這幾代時運不濟，總是向領地強索高額錢財。總管心想這次恐怕收不到滿意的金額，一方面腦中又浮現村裡官差們滿臉不悅的模樣。

幾年前，我在馬琴[1]的隨筆當中找到了一個不是很吉利的故事，姑且就在這裡說說看。喜歡考證的馬琴，在這篇短短的隨筆當中，也不例外地做了很多考證，例如中國會把這一類的鬼稱為「窮鬼」，蘇東坡有一首談送窮的詩，還說中國的窮鬼又稱為「耗」或「青」，更談到鍾馗曾出現在唐玄宗的夢中，而他撕成幾半吃掉的，正是所謂的「耗」等等。之後，他還寫到了「四方赤良[2]」，提到「近世在江戶的牛天神[3]附近，有個供奉窮神的小祠堂。據說是某位將軍門下的武士，實在是窮得走投無路，後來被人供奉在這裡。結果不知道是誰偷走了神像，只留下這個小祠堂」。馬琴的寫作風格，向來是連雞毛小事都要和倫理道德扯上關係。而這篇隨筆，在同樣嚴肅的諸多作品當中，略帶幾分輕鬆詼諧。

故事發生在文政四年[4]的夏天。有一位旗本[5]老爺家住番町[6]，這位老爺府邸的總管，為了處理老爺家中的一些費用，而來到了老爺位在下總[7]地區的領地。老爺的祿米有五百石，在旗本當中算是相當尊貴的人家。可惜這幾代時運不濟，總是得向領地強索高額錢財。總管心想這次恐怕收不到滿意的金額，一方面腦中又浮現村裡官差們滿臉不悅的模樣。

這天是個稍微有雲、悶熱難耐的日子，稻田裡綠油油的稻葉一動也不動。就在快到草加驛站之際，總管發現有個行腳僧走在自己身邊——就在他邊走邊敲打火石，點起香菸吞吐，順便往右邊一瞥的時候。

行腳僧身上穿著鼠灰色的單衣和服，布料看來又舊又髒；頭上戴著莎草斗笠，脖子上掛著頭陀袋[8]。他的模樣看來約四十多歲，下顎尖而削瘦的臉龐發黑，深陷的眼窩裡，眼睛閃爍著青藍色的光芒。

行腳僧那副窮酸的模樣，總管瞧了一眼，就覺得那已經不是可憐，而是到了令人毛骨悚然的地步。行腳僧看總管點了菸，便急忙把手伸進頭陀袋裡，掏出了菸管和菸草，把菸草填進菸管裡，湊到總管身邊來，說：

「借個火。」

總管發現行腳僧一湊過來，臭味就跟著撲鼻而來，便趕緊憋著氣，不發一語地遞上菸管前端的菸斗頭。行腳僧出聲吸了幾下之後，說：

「哦，還真是謝謝你了。」

他頷了頷首，又往前走了兩三步之後，主動向總管攀談。

「你要去哪裡啊？」
「往下總方向。」
「喔，下總。」
「大師要去哪裡呢？」
「我打算去越谷。」
「您是從哪裡來的？」
「我啊，是番町〇〇府邸的人。」
總管瞠目結舌。這位行腳僧口中的府邸，竟然就是自己任職的地方！總管心想：「這個神棍！在府邸的人面前，你還真敢說這種謊。且慢，這傢伙或許是有什麼目的，才會冒用老爺的名號。看來我得好好教訓他一頓，否則不知道會給老爺家惹什麼麻煩。」總管緊盯著行腳僧的臉看，心裡卻一邊嘲笑著他。
「〇〇府邸？這句話真有意思。」
「有什麼問題嗎？」
行腳僧雲淡風輕地說完之後，望著總管的臉。

「當然有啊！我就是那個府邸的人，但我對你一點印象都沒有啊！」

總管笑著等看行腳僧吃驚的表情，孰料行腳僧卻一臉泰然自若的模樣。

「或許的確是沒印象。」

「哎呀！等一下，我可是那座宅邸的總管，每天都在那裡從早待到晚，宅邸上下不可能有任何一個我不認識的人。一定是你搞錯人家宅邸的名字了吧？」

總管又調侃了行腳僧一番。

「但我沒有搞錯。」

「怎麼可能沒搞錯？要是你沒搞錯，那你就是冒用宅邸名號行騙的神棍！」

總管火冒三丈。

「是你不認識我。我從三代之前就一直待在那個宅邸，宅邸裡永遠都是一堆病人。上一代有兩個人夭折，你不是代代都在宅邸裡任職，這些早期的事，你恐怕都不知道吧？那座宅邸裡啊，以前還發生過這些事……」

從總管聽過的一些老故事，到最近宅邸裡發生的事件，行腳僧娓娓道來，如數家珍。總管大感驚訝，嚇得連嘴都合不攏。

「怎麼樣啊？有印象了嗎？」

行腳僧臉上泛起了一絲竊笑，一邊滾動著掌心裡的那團菸灰。接著他又在菸管裡填上新的菸草，吸氣點燃。

「我說的一點都沒錯，對吧？還是有哪裡不對？」

「完全正確。」

總管竟連自己的香菸熄了都沒發現。

「正確吧？當然正確囉！畢竟我每天都在宅邸裡盯著看啊！」

總管撇著頭，打算仔細想想這個行腳僧究竟是誰。

「知道我是誰嗎？」

行腳僧繼續嘲諷地說。

「我不知道。你究竟是誰？」

「我是窮神啦！」

「啊？」

「我是從三代之前就待在〇〇府邸的窮神啊！」

「啊？」

「因為有我在，府邸裡才會有人生病，才會積欠債務，才會過了這麼久的苦日子。不過呢，這些霉運已經到了盡頭，我要轉往別處去了，從此之後，你家老爺的運勢就會撥雲見日，債務也會還清。」

兩人談著談著，沒想到竟已通過了草加驛站。總管覺得自己簡直如墜五里霧中，完全沒察覺到驛站已過。

「所以啊，你的擔憂也會跟著煙消雲散。」

總管聽了這句話，只覺得自己原本背在肩頭上的重擔，似乎突然放了下來。

「那您打算遷到哪裡去呢？」

「我要去哪裡嗎？我下一個要去的，是你們隔壁的〇〇宅邸。」

「啊？」

「在搬去那裡之前剛好有一點空檔，就跑來找住在越谷的朋友玩玩，明天就會搬走啦！」

總管心中浮現了他說的那一戶人家。

「如果你覺得我在胡說八道，那你就仔細看著吧！明天起，那戶人家就會有人生病，積欠債務，就像你家的老爺一樣。」

「啊？」

「不過，這件事你可千萬不能說溜嘴喔！」

「好的。」

「那我告辭囉！」

等總管再回過神來時，那個詭異的行腳僧早已不見蹤影。這時總管已來到了越谷。

總管依原訂計劃前往領地。他原本擔心過去已多次向領地民眾強索錢財，這次恐怕無法如願，孰料這一趟收到的金額，竟超過了他的預期。再加上窮神說的那一番話，讓他滿心愉悅、振奮雀躍地返回府邸。

譯註1　曲亭馬琴（一七六七—一八四八），本名瀧澤興邦，又名瀧澤馬琴，是日本江戶時代後期的名作家，著有戲曲、隨筆、傳奇小說等多種類型的作品。

譯註2　本名大田南畝，是狂歌（充滿社會諷刺、滑稽的戲謔短歌）三大家之一。

譯註3　位在東京文京區的北野神社。

譯註4　一八二一年。

譯註5　將軍門下的家臣。

譯註6　位於東京的千代田區，麴町站與市谷站之間。江戶時代許多旗本老爺的宅邸座落在此，至今仍為東京市中心的高級住宅區。

譯註7　現今千葉縣北部、茨城縣西南部和埼玉縣東部一帶。

譯註8　古代日本和尚出門行腳時，身上背的布包。此外，在日本的佛教喪禮中，也會為往生者掛上這種布包。

譯註9　位於今日埼玉縣的越谷市，是自江戶出發後，在奧州、日光街道上會經過的第三個驛站。

小感日常15

和日本文豪一起聊鬼怪

田中貢太郎怪談，膽小鬼不要看！

作　　者　田中貢太郎
譯　　者　張嘉芬
策　　劃　好室書品
顧問協力　廖秀娟
特約編輯　陳靜惠、盧琳
校對協力　黃子瑜
封面設計　何仙玲
內頁排版　洪志杰

發 行 人　程顯灝
總 編 輯　呂增娣
編　　輯　吳雅芳、洪瑋其、藍匀廷
美術主編　劉錦堂
美術編輯　劉庭安
行銷總監　呂增慧
資深行銷　吳孟蓉
發 行 部　侯莉莉
財 務 部　許麗娟、陳美齡
印　　務　許丁財
出 版 者　四塊玉文創有限公司

總 代 理　三友圖書有限公司
地　　址　一〇六台北市安和路二段二一三號四樓
電　　話　(02) 2377-4155
傳　　真　(02) 2377-4355
電子郵件　service@sanyau.com.tw
郵政劃撥　05844889 三友圖書有限公司

總 經 銷　大和書報圖書股份有限公司
地　　址　新北市新莊區五工五路二號
電　　話　(02) 8990-2588
傳　　真　(02) 2299-7900

製版印刷　卡樂彩色製版印刷有限公司

初　　版　二〇二〇年十月
定　　價　新台幣二九〇元
ISBN　978-986-5510-40-4（平裝）

國家圖書館出版品預行編目 (CIP) 資料

和日本文豪一起聊鬼怪：田中貢太郎怪談，膽小鬼不要看！ / 田中貢太郎著；張嘉芬譯 .-- 初版 . -- 台北市：四塊玉文創 , 2020.10　面；　公分 . -- (小感日常 ; 15)
ISBN 978-986-5510-40-4 (平裝)

1. 妖怪文學 2. 日本

861.58　　109014322

廣 告 回 函
台北郵局登記證
台北廣字第2780號

地址：　　縣/市　　鄉/鎮/市/區　　路/街

段　　巷　　弄　　號　　樓

SANYAU

三友圖書有限公司 收

SANYAU PUBLISHING CO., LTD.

106 台北市安和路2段213號4樓

三友圖書
讀書俱樂部

「填妥本回函，寄回本社」，即可免費獲得好好刊。

粉絲招募歡迎加入
臉書／痞客邦搜尋
「四塊玉文創／橘子文化
食為天文創
三友圖書－微胖男女編輯社」
加入將優先得到出版社
提供的相關優惠、
新書活動等好康訊息。

四塊玉文創╳橘子文化╳食為天文創╳旗林文化
http://www.ju-zi.com.tw
https://www.facebook.com/comehomelife

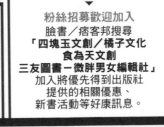

【黏貼處】對折後寄回，謝謝。

親愛的讀者：

感謝您購買《和日本文豪一起聊鬼怪：田中貢太郎怪談，膽小鬼不要看！》一書，為感謝您對本書的支持與愛護，只要填妥本回函，並寄回本社，即可成為三友圖書會員，將定期提供新書資訊及各種優惠給您。

姓名＿＿＿＿＿＿＿＿＿＿ 出生年月日＿＿＿＿＿＿＿＿＿＿

電話＿＿＿＿＿＿＿＿＿＿ E-mail ＿＿＿＿＿＿＿＿＿＿

通訊地址＿＿＿＿＿＿＿＿＿＿＿＿＿＿＿＿＿＿＿＿

臉書帳號 ＿＿＿＿＿＿＿＿＿＿ 部落格名稱＿＿＿＿＿＿＿＿＿＿

1 年齡
□ 18 歲以下 □ 19 歲～ 25 歲 □ 26 歲～ 35 歲 □ 36 歲～ 45 歲 □ 46 歲～ 55 歲
□ 56 歲～ 65 歲□ 66 歲～ 75 歲 □ 76 歲～ 85 歲 □ 86 歲以上

2 職業
□軍公教 □工 □商 □自由業 □服務業 □農林漁牧業 □家管 □學生
□其他 ＿＿＿＿＿＿＿＿

3 您從何處購得本書？
□網路書店 □博客來 □金石堂 □讀冊 □誠品 □其他 ＿＿＿＿＿＿＿＿
□實體書店 ＿＿＿＿＿＿＿＿

4 您從何處得知本書？
□網路書店 □博客來 □金石堂 □讀冊 □誠品 □其他 ＿＿＿＿＿＿＿＿
□實體書店 ＿＿＿＿＿＿＿＿
□ FB(四塊玉文創 / 橘子文化 / 食為天文創 三友圖書－微胖男女編輯社）
□好好刊（雙月刊） □朋友推薦 □廣播媒體 ＿＿＿＿＿＿＿＿

5 您購買本書的因素有哪些？（可複選）
□作者 □內容 □圖片 □版面編排 □其他 ＿＿＿＿＿＿＿＿

6 您覺得本書的封面設計如何？
□非常滿意 □滿意 □普通 □很差 □其他 ＿＿＿＿＿＿＿＿

7 非常感謝您購買此書，您還對哪些主題有興趣？（可複選）
□中西食譜 □點心烘焙 □飲品類 □旅遊 □養生保健 □瘦身美妝 □手作 □寵物
□商業理財 □心靈療癒 □小說 □其他 ＿＿＿＿＿＿＿＿＿＿＿＿＿＿＿＿

8 您每個月的購書預算為多少金額？
□ 1,000 元以下 □ 1,001 ～ 2,000 元 □ 2,001 ～ 3,000 元 □ 3,001 ～ 4,000 元
□ 4,001 ～ 5,000 元 □ 5,001 元以上

9 若出版的書籍搭配贈品活動，您比較喜歡哪一類型的贈品？（可選 2 種）
□食品調味類 □鍋具類 □家電用品類 □書籍類 □生活用品類 □ DIY 手作類
□交通票券類 □展演活動票券類 □其他 ＿＿＿＿＿＿＿＿

10 您認為本書尚需改進之處？以及對我們的意見？
＿＿＿＿＿＿＿＿＿＿＿＿＿＿＿＿＿＿＿＿＿＿＿＿＿＿＿＿＿＿

感謝您的填寫，

您寶貴的建議是我們進步的動力！

【黏貼處】對折後寄回，謝謝。